無名の人生

渡辺京二

文春新書

982

無名の人生◎目次

序　人間、死ぬから面白い

だいぶ長生きしてしまいました。もうすぐ八十代もなかばです。いつ八十を越したのか。たしかに六十までは「ああ、ここまで来たか」と自覚があったけれども、六十から一足跳びに八十になったような気がします。いつの間に七十代をすっとばして八十を越したのか。それでも、もう少し生きていたい。

考えてみると、友は死んでゆくし、周りは知らない人ばかりになりました。かといって、友が生きているときも、ほとんど往き来しなくなっていた。若いときとちがって、年を取るとあまり出歩かないし、もう相手のことも分かっている。いかに親しい友であっても、お互いにしゃべることはしゃべり尽くしたし、新しいことは何もない。退屈だ。人間というのは、「この人はどういう人かな」「え、こんな一面もあったのか」そこに好奇心が湧き、感動が生まれて付き合いをするものです。

しかし、私はちょっと長生きしたものだから、二、三歳年上の人間はすでに死んでしまっています。ずっと若くて死んだのも多い。仮に彼らが生きていたとしても、ほとんど行き来がないから、死んでいるのと同じなのです。

結局、これ以上長生きしても何も変わらない。この状況はどこかで打ち切ったほうがいい。それが「死」というものなのでしょう。しかし、そうは思っても、まだ生きることに執着もあります。

江戸時代の人間は、今よりもずっと簡単に——簡単にというと語弊があるが、「生」に執着することなく死んでいきました。当時の文献を読んでみると、本当にあっさり死んでいる。すでに生きているときから覚悟が決まっているのでしょう。そもそも江戸時代の平均余命が今と比べてずいぶん短かったということもあるでしょうが。

私の女房は六十八歳で逝きましたが、そのとき「人生は長さじゃない」という言葉を残していきました。女房だって死にたくはなかったにちがいないが、覚悟のできる人間だったのでしょう。

それはいいとして、江戸時代の人生は短かったのかも知れないけれど、彼らには「短すぎる」という感覚はなかったはずです。さすがに三十代で死ねば早死にと思っただろうけど、四十過ぎればもう早死にとは言わず、ましてや五十になると、これはもう非常にあっさりと死んでいった。

では、あっさり死んで何事もなく死を受け入れていた江戸期の人と、そうではない今の人とはどこがちがうのか。

拙著『江戸という幻景』（弦書房）で書きましたが、侍の場合はやはり名を惜しむから、いつでも腹切りをする心構えでいました。

当時の史料を読んでいて、いかに己の名誉のためとはいえ、本当にこんなふうに簡単に死ねるのかという気がしたものです。もちろん、すべての武士がそうだったとは言いません。腹を切りたくない輩が大勢いたのは事実です。ただ、武士たる者かくあるべし、というかたちを見事に見せつけた例が少なからずあり、それが武士の世界の規範とされていたのです。そういう世界を横目に見ているから、庶民もわりと簡単に死ねたのではないか。

日本だけでなく、中世ヨーロッパもそうでした。フランスのアナール派の歴史家フィリップ・アリエス（一九一四―一九八四）が書いています。中世人は、死を控えたときには決められた作法に従って従容として死んだ、と。明らかにヨーロッパの場合は、天国ないし来世というものが信じられているので、そういうしきたりも成り立ったのでしょう。その点、江戸の庶民は何を信じて死んでいったのか。武士を真似ただけだったのか。

ただ言えるのは、彼ら江戸期の人間は自分というものをそんなに尊重していなかったろうということ。いいかえるなら、あまり自己執着はせず、自分というものを過大評価しなかった。俺なんか大した人間じゃない――。そこが現代人との大きな違いだろうと思う。

今の人間は、威張ってかっこうをつける。政治家はむろん、テレビのコマーシャルやドラマに出てくるタレントも、一般の若者も、自分の個性を過大に評価しているのか、非常に演技的で表情も物言いも過剰になっています。それは、自分を非常に高く買っている証なのでしょう。

昔の人は皆、それほど自分にこだわらず、自分は平凡な人間だと考えていました。だから、とくに女性たちは、公衆の面前にしゃしゃり出るなどという気恥ずかしい真似はできない、という人が多かったのです。それに対して今は、誰もがスターやモデルみたいに振る舞って自己を顕示するのが喜びとなり、センターステージに立ちたくて仕方がない。

熊本弁に「うすとろか」という言葉があります。みんなの前で目立ちたい、だけどそれを実際にやってみせるのは恥ずかしい。でも、ちょっとやってみたら、「ああ、やっぱり恥ずかしい」と引っ込む。そういう場合にこの「うすとろか」を使うわけです。これは昔気質の名残なのでしょう。

人は皆、自己愛を持っています。ただし、今よりもあっさりと死を受け入れた昔の人の自己愛は、現代人ほどには強くなかったのでしょう。

でも、自愛心を持たないようにするのもなかなかに難しいこと。それを実践できた人は多くはなかったのかもしれません。そんななかで西郷隆盛などは、『西郷南洲遺訓』に「己れを愛するは善からぬことの第一也」と書いていますから、わりと実践できたのではないかと思う。少なくとも、自己愛の抑制に努めて生涯を終えた人なのでしょう。

江戸中期の大阪に小西来山《らいざん》という文人がいました。彼は「来山はうまれた咎で死ぬる也それでうらみも何もかもなし」という辞世の句を遺しています。「来山は生まれた罪で死ぬんですよ、それで恨みもなにもありません」と。生まれてこなければ死なないのだから、死ぬのは当たり前であって、死にそうとか死にたくないとか思い悩むことはない、というのです。まったくその通りです。

だけれども、禅の「悟達」のように悟って、それで良しとするのも何かちがう気がします。「人間は生まれてきたから死ぬ。それだけのことだ」と達観するのは、生への執着も抱きながらいつか死を迎えるという、人生の最も厄介なところを避けているように思えるからです。

達観などできないのが、ふつうの人間でしょう。

太宰治は、『二十世紀旗手』に「生れて、すみません」と記しました。その感覚は太宰流の自虐的な意味だけではなく、自分に対する慎ましさみたいなものを表現しています。そしてその慎ましさを、ある時代までの人間はみんな持っていたのです。

『苦海浄土』の著者で詩人の石牟礼道子さんの文学の根本には、小さな女の子がひとりぼっちで世界に放り出されて泣きじゃくっているような、そういう姿が原形としてあります。一個の存在が世の中に向かって露出していて、保護してくれるものがない、この世の中に自分の生が露出していて誰も守ってくれないところから来る根源的な寂しさ——それがあの人の文学の中核なのです。

考えてみれば、人間はみな、本来そういう存在です。危険にさらされることも、寂しいことも、それは誰だって望んでいるわけではありません。だから、そこから抜け出そうとして人とつながり、家族をこしらえ、社会的な交わりが生まれ、さらには、自分の生存を保障してくれる制度が生まれてくる。文明とは何かといえば、生がむき出しになった寄る辺ない実存を、束の間、なんとか救い出そうとする仕組み、それを文明と呼んでいるのでしょう。だけど、やはり原点には、寂しさを抱えた自分があるということを自覚しておいたほうがいい。

芭蕉は『野ざらし紀行』のなかで「汝が性《さが》のつたなきをなけ」ということを言いました。旅の途次、打ち捨てられた赤子が泣き叫んでいた。だが、芭蕉はそれを救ってやろうとしない。

赤ん坊よ、お前さんは自分の不運な境遇に泣くしかないのだよ。だけど、不運はお前さんだけじゃない、世間のみんなもそう、私だってそうなのだよ、じつは。

「汝が性のつたなきをなけ」とはこういう意味でしょう。

なんと非情な突き放し方でしょうか。ここに見られるのは、他人を押しのけてでも生きなければならない人間の非情さです。

人間存在の根本には、野原に放り出されて泣いている赤ん坊に象徴されるように、寄る辺ない生命がこの世界に対して露出されている姿がある。石牟礼さんの文学の原点と同じです。

私とあなたが、ある密閉空間にいるとしましょう。エレベーターが故障して緊急停止し、そこに長時間、放置されるような状況を考えればいい。すると、そこに存在する空気は限られているから、私が酸素を吸うと、あなたの吸う分を減らすことになる。一人の人間が生きていくということは、必ずや、他者の生を侵害する面がある。親しい間柄であってもそう。日ごろの付き合いのなかで話しかけたり冗談を言ったりするうちにも、相手になんらかの心理的プレッシャーを与えたり傷つけたりする。そして、自分の存在それ自体が他者を阻害するのは、お互いさまなのです。

石牟礼さんがこう言っています。この世に生命が存在すること自体がこの世の間違いな気がする——つまり、この世界と生命とは、根本的に適合しないもので、この世に命があるということが非常に危なっかしい不自然な在り方に思える、そう彼女は書いている。これは人間の生についての根源的な認識を示していると思う。

われわれは、年をふるにつれて知識や経験を積むこともあれば、老いてますます人間関係などがまずくなることもあります。しかし、百年生きようが五百年生きようが、あるいは千年以上生きようが、生まれたときから同じ一個の人間です。その間に成長したりすることは多少あるとしても、所詮、高が知れている。たとえ百年生きても退屈きわまりないものです。人間の生命に限りがあるのは、退屈さにピリオドを打つためではないのでしょうか。

変わり映えがしないのは、自分一人だけではない。付き合う友も同じ顔だし、町の姿にしても、ずっとその町であり続ける。いや、そんなことはない、近頃の町の風景の変わりようは加速度がついてるじゃないかと思われるかもしれません。しかし、これも人間が基本的に変わらないのと同様、その町はその町のままなのです。少しずつ変わるか、急速に変わるかの違いはあれ、町の景観には一貫性があって、基本的にワン・ジェネレーション、すなわち、ほぼ三十年かけてゆっくりと変貌していくものです。

この町並みには、都会の建物だけではなく、たとえば自分がよく遊びに行く森や山も含まれます。「ああ、もう六月になったから、あの桐の花が咲くなあ。咲いたらまた見にいこうか」という具合に、毎年、自然の営みは繰り返されます。

かといって、未来永劫おなじ風景を見せるかというと、けっしてそうではありません。樹木の生命は長いといっても、それが千年も万年も変わらなければ世界は動きを止めてしまう。絶えず何かが滅びて何かが新たに生まれる。だからこそ、そこに喜びがあり、価値が生まれるのだと思う。第一、どれほど美しい風景であろうと、いつまでもいつまでも変化がなければ、これほど退屈な世界もまたないというべきでしょう。

繰り返しになるけれど、人間も、町並みも、自然の風景も、根本的には三つ子の魂百まで、その個性は変わりようがないのです。けれども、それが世代交代をすることによって新たな創造があり、そこに喜びや価値が生まれるのです。

人間、死ぬから面白い。

こんなことを言うと、お叱りを受けるかもしれません。しかし、人間、死ぬからこそ、その生に味わいが出てくる。かく言う私だって、まだまだ死にたくはありません。今でも世の中には執着がある。けれども、死ぬからこそ、今を生きていることに喜びが感じられるのです。

1

私は異邦人

『逝きし世の面影』の余波

『逝きし世の面影』(一九九八年、葦書房)は、私の著作のうち最も知られている本だと思いますが、この本を書くことによって思わぬ波が押し寄せてきました。それも二つの波が。

一つめの波は、思いのほか売れたことです。福岡の出版社から出してもらった本は、その後、平凡社ライブラリーにも収められることとなり、和辻哲郎文化賞までいただきました。けれども、私は元々そんなに売れる物書きではない。この売れ方と取り上げられ方は、面白く書けたという自負はあったけれども、はっきりいって私という物書きには相応しくありません。衒いでもなんでもなく、今もそう考えています。

執筆の経緯はこういうことでした。毎日新聞の熊本支局に年下の親しい友人がいて、その男がたまたま『週刊エコノミスト』の編集長になった。それで、何か書いてくれないかと頼まれて同誌に連載を始めたのです。連載時のタイトルは『われら失いし世界』というものでした。

ところが、葦書房から単行本にするときにクレームが入った。イギリスにピーター・ラスレットという歴史家がいて、彼にもそういう題の本がある。翻訳書のタイトルは『われら失いし世界――近代イギリス社会史』というのです。

じつはラスレットの本は読んでいたのですが、同じ題でもいいや、これがぴったりという気持ちでそう付けたのです。でも翻訳者の方によるとラスレットは少々むずかしい人物だとか。そういういきさつがあって、『逝きし世の面影』と変えたわけです。ただし、『逝きし世』は石牟礼さんのアイデア。私はもともと『～の日本の面影』としたかったので、いわば合作ということになります。

さらにもう一波やってきました。

この本は、維新前後に日本を訪れた西洋人の眼に、日本人の姿とその暮らしがどう映ったかを描いたものです。彼らの滞在記録を見ると、明治二十年代か三十年代ぐらいまでは、日本人がとても幸せそうに見えた――彼らは一様に、そう書いている。逆にいえば、それ以降は近代化の波に洗われて、そうした美点が失われていったわけです。

私の本はそれらの証言を拾い集めたもので、けっして都合のよい史料だけを取捨選択して並べたりはしていません。にもかかわらず、「あの頃は良かった」という印象を読者に与えることになりました。そのために、学者、とくに歴史の専門家・研究者からはかなり反発を受けました。

これまでの歴史研究は進歩史観が大勢を占めていて、江戸時代よりは明治時代のほうが文明の進んだ社会であった、というのが基本的な態度です。特に戦後学界を制覇したマルクス主義歴史学からすると、江戸時代は封建制の悲惨な時代ということになる。私が紹介した外国人の証言はそういう見方をまったく裏切っているのですね。彼らだって、外国人の書いたそれらの史料を当然知っていたはずです。しかし、彼らの信奉する史観とあまりに反するために、無視するしかなかったのでしょう。彼らの眼にバイアスがかかっていたとしか思えません。

私は、近代・現代と比較して江戸時代の方が良かった、と書いたつもりは毛頭ありません。新しい文明・文化が興るとき、それは必ず古きよきものを棄ててゆくという事実を、当時日本に居た外国人の眼を通して描いたにすぎません。

異邦人だから書けた

そもそも私に『逝きし世の面影』が書けたのは、異国から来た彼らと同じ視線を私が持っていたからだろうと思います。

私は京都に生まれましたが、幼くして熊本に移り、やがて北京、大連で暮らすようになりました。戦後、再び熊本で暮らしたのですが、この、子供から大人に成長する時期に異国で育った体験が、のちの私の生き方に、かなり重い意味をもったのだと考えています。

私が大陸に渡ったのは七歳のときでしたから、辛うじて日本の記憶は残っている。しかし、周りの子供たちは大連生まれが多く、日本をまったく知らない子も少なくありませんでした。知っているのは、いわゆる「富士山・桜・芸者」というイメージだけ。芸者はともかくとして、富士や桜の、いわば絵葉書みたいな日本しか知りません。私はそういう連中にまじって、日本を異国として――母国ではあるが見知らぬ国として成長していったわけです。

大連の中学校・女学校では、卒業するとき、修学旅行のために内地日本に行きました。私は三年生で敗戦を迎えましたから行かなかったのですが、行った人に聞くと、まず下関に上陸し、そこで皆、幻滅したそうです。大連の西洋化された街、広い通りに高層のビルを見慣れた眼には、軒《のき》の低い日本の街並みにがっかりなわけです。

戦前の大流行作家である吉屋信子の小説に、日本から大連を訪れて大広場の壮麗さに感心するシーンがあります。日本の田舎しか知らない人間が初めて東京を見たとき以上に感心する。なにしろ当時、大連は「東洋のパリ」と言われた街ですから。

ともあれ、私の感覚は異邦人のものです。だから、『逝きし世の面影』で古き良き日本を描写するときも、日本で育った人間がお国自慢をするような意識はまるでない。むしろ、外国人が見知らぬ土地を訪れて、見るもの聞くもの珍しくて眼を丸くする、そんな感覚でしたから、ナショナリズムを鼓舞しようなどという意識は皆無でした。

一般論として、日本人は郷土意識が強いものです。大連組にかぎらず引揚げ者は、日本の社会に溶け込むのにみんな苦労しました、私自身も含めて。しかも戦後すぐの頃はまだ、ムラ社会的なしきたりが強く残存しているから、容易には溶け込めない。

同窓会は苦手なのですが、大連一中（大連第一中等学校）の同窓会には最近久しぶりに参加しました。大佛次郎賞受賞で上京した折、なかなか顔を出さない私を招待してくれたのです。二〇一一年のことですから、すでに引揚から六十年以上経過していました。懐かしい顔もあれば想い出せない顔も。

そのうちの何人かからこう言われました。「渡辺が『逝きし世の面影』を書けたのは引揚げ者だからだよね」。そう言われて、「なるほど、そうだ」と合点のゆく思いがしました。

大佛賞の授賞対象になったのは、『黒船前夜――ロシア・アイヌ・日本の三国志』（洋泉社）という本です。十八世紀から十九世紀にかけてのロシア人による日本来航を素材に、日本、ロシア、アイヌの三者の関係を考察したものですが、これも、半分は異邦人である私が、ロシアやアイヌの異民族と一体化して見た日本を描いたものです。だからお国自慢ではない。

私の体内を流れているのはナショナリズムの血ではありません。

それを理解していただくためには、どうしても私の人生についてふれないわけにはいかない気がします。個人的体験をさらすのは本意ではないのですが、引揚げ前後の私の足跡をたどってみることにします。

熊本から大陸へ

私の人生でいちばん古い記憶といえば、熊本です。昭和五（一九三〇）年に京都で生まれたけれども、まだ満二歳くらいで熊本に移りましたから。京都については夜の街の風景とか、ちょっとしたおぼろげな記憶だけといってよい。

無声映画の弁士をしていた父は、まず故郷の熊本でそのキャリアを振り出して、福岡で少し弁士として名前が上がったために日活（日本活動写真株式会社）にスカウトされました。戦前では、松竹と並んで日活が邦画の二大会社でした。東宝は少し遅れて出来たのです。

父が京都の日活専属館で弁士をやっていたときに私が生まれたのですが、活動弁士としての親父にとってはその頃が全盛時代。やがてトーキーの時代となって親父は仕事を失い、新天地を求めて単身、大連に渡ることになったのです。その地でどんな仕事をしたのかは知りませんが、やはり同じ映画関係の仕事だったろうと思います。

一方で私たちは、両親の出身地である熊本に移り住みました。家族は母と兄、姉二人に私。昭和八年のことです。

私の熊本の記憶は、本を手当たり次第に読んだことです。熊本には小学校一年生までいましたが、学校に上がる前から字が読めて、『少年倶楽部』なんかに夢中になりました。

昭和十二（一九三七）年、私が小学校に入学するや、ほどなくして日中戦争が起こりました。当時は「支那事変」と呼ばれた、日本と中国とのあいだの長い長い戦争の始まりです。父はそのころ大連から北京に移って「光陸」という映画館——竹内好の日記にこの映画館の名が出てきます——の支配人をやっていたので、私ら家族も熊本から北京に呼び寄せられました。昭和十三年から二年間は北京暮らし。十五年に一家はまた大連に移り、大連を引揚げたのは二十二年の春のことでした。

話を北京に戻しましょう。

私は北京第一小学校というところに編入しました。当時の北京には日本人が大勢いて、日本軍占領下ですから日本人小学校も日本人中学校もあったわけです。

このころ、私に本を買い与えてくれたのは、十いくつも歳の離れた兄でした。旧制熊本中学を出た兄貴は、一足先に親父のところに呼び寄せられて、華北交通という日本の国策会社に職を得ていました。北京の街がすっかり気に入っていたらしく、私らが二年間の北京暮らしを切り上げて大連に移るときも、兄だけは北京を離れようとしなかったほどです。その兄は、昭和十八年に北京で病死しました。

大連に移ったのは小学校四年のときですが、五年生になると、日米戦争が始まり、当初は日本の勝ちいくさが続きました。父は興行の仕事であまり家に居らず、母と姉二人との四人暮らしで、このころが最も幸せな時期だったのかもしれません。

大連の街は空襲を受けたことがありません。一度だけ米軍機が来て爆弾を一発か二発落としていったことがあるけれど、それも郊外だけ。配給制は一応しかれていたものの、日本内地と違って、大連では食べものに不自由したことはありません。

敗戦後の大連での生活

ところが敗戦を境にして、我が家だけでなく日本人の生活は転落しました。まず、収入源がなくなる。内地との連絡も途切れる。それでも敗戦の年は備蓄があったのでしょう。米の飯も喰えました。

ひどいことになったのは翌年からです。米の飯などもとより、麦が手に入ればまだいいほう。とうとう粟をお粥にするしかなくなりました。あとはコーリャン。あれは中国の農民の常食ではあったけれど、慣れないと喰えたものではない。

わが家はアパート暮らしでしたが、当時すでに都市ガス、水洗便所つき。一般に日本人の住宅は、中国人の家屋とは天と地ほどの差があり、居住地域も画然と区別されていました。

しかしそのアパートも中国当局に接収されてしまった。早い話が追い出されたのです。そして指定された家には別の日本人家族が住んでいたから、そこに転がり込んだかっこうで、二間ほどをあてがわれて共同生活が始まりました。

冬は石炭が切れました。零下十何度にまで下がる大連では、暖房なしで過ごすなど考えられないし、窓もちゃんと二重窓になっている。そんな大連で、敗戦翌年の年の暮れ、ストーブなしの冬を初めて迎えたのです。朝になったら花びんの水は凍りついていました。昼間でも室内でオーバーを着る始末。夜寝るときどうしたかというと、炬燵の中に六十ワットの電球を灯すのです。それに蒲団をかけて家族全員が四方八方から脚を突っ込んで寝ました。電球の熱で結構暖まるのです。とはいえ、まだ中学四年生だった私には耐えられたけど、親たちには過酷だったろうと思います。

そのころ、どうやって食いつないだかといえば、要するに「売り食い」です。たとえば母の着物を大連駅前の広場に私が売りに行く。するとロシアの将校がいい値段で買ってくれる。中国人も買うけれど、彼らはあまりいい値段では買ってくれない。自分の玩具も売りました。アルコールランプで走らせるモーターボート、ピンポン用具一式、ボクシングのグローブ……。それらを筵《むしろ》一枚に並べると、またたく間に売り切れました。これは全部中国人が買ってくれた。

大連に置いてきた蔵書

話は前後しますけど、私が本格的に文学に目覚めたのは中学二年のとき。終戦の前年頃です。

それまでも手当たり次第に読んでいました。『ああ無情（レ・ミゼラブル）』でも『巌窟王（モンテ・クリスト伯）』でもそう。『ロビンソン・クルーソー』『三銃士』『宝島』、それに『小公女』『小公子』、いずれも大衆小説を児童向けにリライトしたものでした。「文学」という意識はまったくなかったのです。

それが中学二年の終わりごろになって、蘆花や藤村、バイロンの詩やゲーテの『若きウェルテルの悩み』にふれて、眼を開かれたのです。これは凄い世界だ、と。そうなると、もう「文学」から離れられなくなる。

ところが戦争中、ことに終戦間際には本が手に入らなくなりました。新刊書店には何も並んでいないし、古本屋でも極端な品薄だから、交換する本を持っていかないと売ってくれない。そんな状況が続いたところに、敗戦を契機に、いっせいに日本人が蔵書を売りはじめたのです。

街頭に筵を敷いて、その上に本を並べて売る。さらには、書店が委託販売と称して、個人の蔵書を預かって並べる。いわゆる円本や文庫本が溢れ出したのです。

昭和の初め、まず改造社が『現代日本文学全集』を刊行して大当たりをとりました。全集の一巻が一円。小さい活字で詰め込んであるから、一冊にたくさん作品が入っている。

一円の定価は大変なお得だったわけです。これを円本というのです。つづいて新潮社が『世界文学全集』、春陽堂が『明治大正文学全集』で二四目、三四目のドジョウをという調子で、出版界に一時代を画すことになりました。

大連の日本人は一般に生活水準が高くて、とくに医者や弁護士の邸宅には応接室がしつらえられていて、その部屋の棚にはそういった全集類が飾ってある。それが売り食い生活となって、いっせいに放出されたから、すでに文学にのめり込んでいた私も、なけなしの小遣いで買いまくりました。我が家の経済事情もけっして楽ではなかったはずなのですが。

さて、本を買い集めたはいいが、結局はほとんどを大連に置いてくる羽目になりました。引揚げ船に持ち込める荷物は両手でトランクに提げられる分だけ。あとは布団包み一つ。大部分は処分して、大事な本だけトランクに詰めたのだけれど、乗船する際にソ連兵の検閲で全部没収されました。幸い布団包みの中に入れていた本が五、六冊あって、それだけ助かりました。田辺元の『哲学通論』とか、三木清の『歴史哲学』です。引揚げ後、古本屋へ持って行ったらとても高く売れた。その金で受験参考書を買いました。旧制高校に行くつもりでしたから。

引揚げ後の熊本での生活

そうやって自宅はもちろん一切の家財道具を棄てて、文字通り着のみ着のままで引揚げてきました。

今回の震災で東日本を襲ったのと同じような悲運が、七十年前の私たちに襲いかかったのです。しかし補償はありません。仮設住宅が用意されていたわけでもありません。あのときは国外にいた居留民も含めて、日本全体が破産したようなものですから、その悲惨さは日本人のほとんどすべてに降りかかったと言っていい。

ともあれ、父は東京に行くつもりでした。東京には日活のカメラマンをしていた弟もいるし、むかし活動弁士をしていた徳川夢声らとも交友がありましたから。しかしお袋は熊本へ帰りたいと言う。親父も同じ熊本出身だからと、一家は熊本に向かいました。

帰郷してみると、頼りにしていたお袋の母親らの親族は空襲で焼け出されて、母方の菩提寺に寄寓していました。本堂裏手にある六畳一間に仮住まいをしていたところへ、われわれ四人も転がり込んだのです。四人というのは両親と姉と私。次姉は大連で亡くなっていました。

こうして始まった一家七人暮らしは、六畳間を七人で分かち合うのだから、まさに肩を寄せ合って生きているようなもの。バケツに井戸水を汲んできて、それで洗顔から煮炊きまで賄うのです。主食は米の飯にカライモ――熊本でサツマイモのこと――が炊き込んであったり、大豆や麦がまざっていたりする。ずっと内地で暮らしている人はこれに文句たらたらだけれど、引揚げてきた身にすれば、米の飯に芋や豆が入っているんだから上等上等、てなもんです。なにせあちらではまずいコーリャンでしたから。

二十世紀の流浪の民

こうした過酷な運命も、人類にとってはけっして異常事態とはいえません。二十世紀とは「戦争と革命の時代」ですから、そこに生きた人間はひとしく体験した運命です。たとえば、ロシア革命では戦火に追われて多くの亡命者が出たし、ホロコーストの餌食となったユダヤ人の運命もそう。あるいはフランス国民も、ナチス・ドイツの電撃戦にやられ、逃げ惑いました。

考えてみれば、戦火に追われて流浪するという生き方は、私という一個の人間の原形をなしています。私が幼少時に経験した幸せな家庭生活など例外的なものであって、流浪することこそが人間本来の在り方だ、と。そういう実感があるのです。

気分としては、つねに「野戦攻城」でした。私には、定住の地に自分好みの書斎のある家を建て、美術品や骨董の類を飾り、みたいな趣味はありません。実際、敗戦後、大連のアパートを接収されて他人の家に身を寄せたとき、物置みたいな部屋の片隅に机と本を置いて、「これで俺のコーナーができたな」とほくそ笑んだもの。私はそれでけっこうなのです。

これまでずっと借家暮らしでした。引越しの経験も何十回になることやら。我が家を持ったのは現在の家が初めて。といったって娘夫婦の所有です。

人類史とは災害史

もうひとつ、人間に流浪の運命をもたらすものに「自然災害」があります。二十世紀が「戦争と革命の時代」だとするなら、人類の歴史とは、「自然災害の歴史」そのものと言えるでしょう。

日本で言えば、江戸時代には、たとえば浅間山の大噴火があって、いくつもの村が埋もれています。熊本では、雲仙岳の噴火で島原が崩れて「島原大変肥後迷惑」という言葉が残されています。このとき起きた津波で対岸の宇土半島の村々が壊滅し、数千人の死者が出たのです。こうしていちいち挙げたらきりがないほど、人類は災害のなかを生きてきました。

考えてみれば、地球システムは人間のために設計されたわけではなく、むしろ人類が自分を地球に合わせて生きてきたわけです。ひとの生命というものは、地球環境のなかで生みだされてきて、その環境に自分を合わせてきた。と同時に、自分が住みやすいように環境に働きかけてきました。人間に限ったことではありません。すべての生物が自分を地球に合わせ、地球に働きかけている。たとえばビーバーは、木の枝や土砂で川を堰き止めてダムをつくり、そうしてできた湖の真ん中に自分の巣を設けて生きている。

あらゆる生き物は地球環境との相互作用をくり返しながら生きているのであって、地球は、人間が人間のために設計した乗り物や道具などではけっしてありません。

「ガイア説」というものがあります。地球全体がひとつの生命であるとする考え方で、それはそれで科学的には疑問も多々あり、一種の比喩にすぎないとする向きもあります。ただ、地球全体が生き物だとするこの考え方は、人間も地球という生命を構成する一要素であるとする点で、多くの示唆を含んでいるでしょう。

人間というものは、地球という環境のなかで、けっして特権的な地位を与えられているわけではない。つねに安閑として生きられるわけでもない。つまり、あらゆる生物のなかのひとつの種族として、常に生存の危機にさらされている。言いかえるなら、人生はいつも自然災害と隣り合わせであるのです。

個体数をコントロールする病気

戦争、自然災害とならんで、人間にとっての三つ目のリスクは「疾病」、すなわち病気です。

病原菌は、人間をふくむすべての生物の数をコントロールしています。病原菌自体も、あまりに増殖しすぎると死に絶えていく。つまり、疾病は自然界におけるバランスを司っているわけで、病気がなくなればハッピーだと誰しも考えるけれども、そうはいきません。

たとえば、ある島に鹿が生息しているとして、異常に増えすぎてそのピークを超えると、食糧が不足するなどして自然に減少に向かいます。ときには集団自殺のような行動をとることもある。突然、何百匹もの鹿が何物かに取り憑かれたようにして海に突っこみ、溺れ死ぬような習性が知られています。これも一種の個体数調節作用にちがいありません。病原菌もこのような調節作用の担い手なのです。

ところが、近代医学によって疫病が撲滅されるようになると、人口がどんどん増えていくのも、長寿社会、高齢化社会になるのも、理の当然です。

元来、人間の生命は尊いものです。当然そこから、生きとし生けるものすべてが尊いという考え方も派生してくる。しかしその一方で、病原菌やいくつかの働きによって人間を含む生き物の数が調節されるのも、いかんともしがたい自然の摂理です。

その際、調節の餌食になるのは、運の悪い者でしょう。ある人がペストにかかって死んだとすると、その裏で、ペストにかからずに生き残る者が必ずいる。それはまさに運の良し悪しと言うしかありません。

アフリカ大陸で群れをなしている草食動物は、ヒョウとかチーターあるいはライオンが襲いかかってくる危険と常に直面している。もし一匹だけで行動していると、その一匹はたいてい、いや、限りなく百パーセントに近い確率で殺されるでしょう。それが群れをなして行動すれば、助かる確率は大きくなるはずです。たとえば五十匹いたら危険は五十分の一になる。百匹なら百分の一。群れを大きくすればするほど助かる確率も上がるわけです。魚でも同様です。魚がなぜ群れをつくるかといえば、より大きな魚に襲撃されたとき個体が被るリスクが減るからです。

ここで大事なのは、助かる者がいるのとは裏腹に、必ず犠牲者がいること。生命の在り方とは、かくも非情な面を含んでいるのだということです。

小さきものの死

自分の愛するものが死ぬというのは非情きわまりないことです。母親が幼子を亡くしたり、恋人を亡くしたり、愛するものと別れることほど非情なものもない。しかし、人間の生涯を幸福一色、満足一色で塗りつぶそうということ自体が、所詮、無理な話です。

私は、結核で療養所にいたときに、ある母娘の死に遭遇しました。大きな手術のあと、個室にはいっていたある夜、笑い声とも泣き声ともつかぬ不思議な声が断続的に聞こえてきました。

最初は笑い声のようにも聞こえていたのが、そのうち、私の耳の中でまぎれもない泣き声となって鳴り始めました。それは長く続き、私がおそい眠りに就くまで続きましたが、その声には確実に私を脅かすなにものかがありました。

翌朝、私は事実を知ることになりました。

天草の農村から母娘が送り込まれ、父親はそのまま帰って行った。二人部屋に入った母と娘のうち、夜になって母親の容態が急変。どうやらそのときの娘の泣き声が私の耳にも達したらしい。彼女は母親の悲運に泣き、やがて同じ道をたどるであろう自分の悲運に泣いていたのかもしれません。そして、明け方までに二人とも死んでしまった。

この話を看護婦から聞いた私は、なんともいやな感じに襲われました。妻と娘を置き去りにして立ち去った亭主に憤ったわけではない。いや、それもあるでしょうけど、この世界には、人がこうして理不尽な死に方を強いられることがある。その事実に衝撃を覚えたのです。

「小さきもの」は、常にこのような残酷を甘受しなければならない運命にさらされています。彼らにもし救いがあるのなら、それはただ彼ら自身の自覚のうちになければなりません。自分がいかなる理不尽な抹殺の運命に襲われても、それの徹底的な否認によって乗り超えたいものだ。少なくとも自分は、あの冬の夜の母娘のようには死にたくない。二十歳をやっと越えたばかりの私はそう思いました。

今日にも明日にも、病気で死ぬかもしれない。戦死するかもしれない。不慮の事故で死ぬかもしれない。それが私たちの生です。

次姉も、今でいうと高校一年のときに死にました。もっと幼くして死ぬ子供もいます。

そういうことは避けがたい。しかも、それほど幼ければ、自分も何もないですから、自分で理解のしようも受けとめようもないでしょう。

しかし、少なくとも大人になってからは、自分がどういう死に方をするにしても、「自分は惨めに死ぬのではない。自分の尊厳をもって死ぬんだ」と考えることができます。たとえ収容所に送られようと、ガス室に入れられようと、どんな悲運が襲ってきても、それに対して、「おまえはけっして俺を奪えない」と言って死んでゆくことはできます。

ですから、自分の一生が自分にとって良いものであったかどうかは、国家や政治や社会情勢とは、究極的には何の関係もありません。どんな状況のなかでも自分が自分の一生の主人となりうる。強制収容所で死んでゆくとしても、それは自分の生き方がそうあらしめたのだから、けっして自分をゆずり渡した死にかたではありません。

黙って死んでいく人びと

そもそも人間というのは、黙って生きて黙って死んでいく人が大部分でしょう。もちろん目覚しい業績を上げて有名になったり、自分の主張を世間にとどろかせる人もいるけれど、大半は無名のまま死んでゆく。言葉少なに自分のやるべきことをやって死んでゆくのです。

結核の療養所で、まさにそのことを実感しました。

私は昭和二十三（一九四八）年、旧制第五高等学校（現在の熊本大学）に入ってすぐに喀血し、結核と診断されて休学をしました。当初は自宅療養でした。自宅といっても、引揚げのあと寄寓した母方の菩提寺の本堂の一隅に、私らの家族四人で暮らしていましたから、そこに布団を敷いて寝ていたわけです。

それまではあまり死を意識していなかったのだけど、二度目の大喀血のときには、本堂の天井を見上げて「十八で死ぬのかな」と思いました。そんなふうに死を現実のものとして考えたのは初めてでした。その四年ほど前に次姉を亡くしていますが、可哀想とは思ったけれど、自分のこととしては受けとめていなかったのです。

翌年の五月、国立療養所「再春荘」（熊本県西合志村）にやっと入所できました。そのころは結核の療養所がほぼ全都道府県にあり、もともとは「傷痍軍人療養所」でした。結核になった兵隊たちのサナトリウムだったのです。当時、軍隊で結核にかかる者がいかに多かったかを物語っています。

私が入所した療養所は患者が七百人ぐらいいましたが、そのほとんどが元兵隊で、私より年上の人ばかりです。大部屋に八人ずつ入っていて、十代で学生だというのは私一人。みんな優しくしてくれましたけど、彼らの様子を見ていると、自分の病状はそんなに重いほうではないと分かった。まわりには重篤な患者もいて、ずいぶん気が楽になってしまいました。

隣の寝台に十歳ぐらい年上の人がおられました。私が入所して間もない頃、「ここに入っている人間はみな諦念を持っています」と言われた。でも、私はそれを聞いた当初、「ふーん」と思っただけでした。こちらはまだ諦めてなんかいない。良くなって出ていくつもりでしたから。でも、その言葉は耳に残りました。

当時は長期入院がふつうだったので、自分は案外、軽症患者であることは分かったものの、ともかくここで生きてゆかねばならない。私はすでに前年の春、五高へ入学する直前に共産党へ入党しておりました。再春荘にも職員・患者を含めた強力な「細胞」（班のことを当時そう呼びました）がありましたので、私もそのうち中心メンバーとして活動するようになり、何のことはない、党活動するために入所したみたいになってしまいました。同年輩の患者と社研をつくり、サークル誌も出しました。そんなふうに四年半という月日が過ぎてしまったのです。

入所してまず驚いたのは、療養患者なんていうのはさぞ暗い雰囲気だろうと思っていたら、さにあらず、毎日朝から晩まで冗談ばかり。それに看護婦との間や患者同士の恋愛事件は起こるわ、痴話騒動もあるわ、まったく娑婆そのもの日常そのものが展開されていました。

しかし、その背後で進みつつあることがだんだん分かってきました。一月に一人といったペースで、人間が一人ずつ、黙って死んでゆく。不平不満の声もあげずに。

三十代、四十代、若い人はまだ二十代ですから、まったくの若死にです。自分のあるべき一生をまっとうして生きたのではなく、おそらく志半ばで死んでしまうのだから、無念な思いはきっとあるはずなのに、ただ黙って死んでゆく――これが、原形としての人間の「生」の在り方だ。療養所での経験をきっかけに、こういう人生観が私のなかで徐々に形づくられていったのだろうと思います。

そのせいでしょうか。吉本隆明さんの本を二十代の終わりごろから読み始めましたが、あの人の言う「大衆の原像」というのがすぐにピンと来た。吉本さんは、「日々の暮らしを繰り返し、その生活の範囲でものを考え、あるいは行動してゆく名もない人びと」を

「大衆の原像」と規定して、彼らこそあらゆる思想的いとなみの基準点であるとしたわけですが、そんな吉本流の民衆観が私の感性にマッチしたのは、療養所に入った経験があったからにちがいありません。

ちなみに、私に「ここに入っている人間はみな諦念を持っています」と言われた年上の患者とは、私が退所したあともお付き合いしていましたが、一年ほどして亡くなりました。年下の私にとてもよくしてくれた、いい方でした。

2 人生は甘くない

よその土地へ働きに出た昔の人びと

今、若い人びとが暮らしていくには多くの困難がつきまとっています。派遣社員の問題もあるし、就職難という問題もある。そんな若い人たちにとって何かヒントになることはないものかどうか。

振り返ると、戦後、高度成長政策の成果が出て日本が豊かになったと実感できたのは、昭和三十九（一九六四）年の東京オリンピックの後ぐらいからでしょう。それ以前から経済成長は始まっていたけれども、その頃になって、それが一般国民に豊かさとして実感されるようになりました。

高度成長の始まる前、昭和三十年代ぐらいまでは、中学生の集団就職というものがありました。地方の若者は中学校を卒《お》えると就職のために集団で都会に出ていった。熊本県の場合、中学校を出たら大阪か名古屋に向かった。まだ年端もいかない子が親元を離れて、どんな仕事をするのかもおぼつかないところに行くわけです。すぐ逃げ帰った者もなかにはいたでしょうが、ほとんどは辛抱して、そこで勤めて定年まで働き通した。我慢できない今の若い人たちには想像もつかない世界です。

ものの記録には、最後の就職列車が運行されたのは昭和五十年だったとありますが、その頃には豊かさもすっかり行き渡っていました。若者が辛抱を重ねた時代は、もはや過去のものとなったのです。

石牟礼道子さんの場合はもっと以前、戦前の昭和十年代の話ですが、自分も水俣の小学校を出たらどこか遠くの紡績工場に行くものと思っていたそうです。

紡績工場といえば、そこに働く女工の暮らしがいかに悲惨なものか、よく知られていました。細井和喜蔵の『女工哀史』にも、貧農の娘たちが女工として工場に出るのだけれど、そこで結核になり、郷里に戻されて死んでゆく、そういう悲惨さが描かれています。

ただ、それもある一面にすぎないのかもしれません。

石牟礼さんの母親も若いころ、静岡県御殿場の紡績工場で働いていました。そのお母さんが女工時代を回想すると、きまって「楽しかった、楽しかった」「みんな親切だった」なのだそうです。のちに石牟礼さんが仕事で東京に出るようになると、「御殿場の人によう言うてくれ」と言われたとか。石牟礼さんは御殿場で途中下車するわけでもないのに、です。お母さんにとって御殿場は、花嫁学校に行ったみたいに楽しかった想い出しかなかったのでしょう。

石牟礼さんのお母さんは天草の出ですけど、けっして貧農と呼べるほど貧しい家に育ったわけではありません。石牟礼さん自身は幼いころに家が没落したので、ほかの農村の女性がそうしたように紡績工場に行くつもりでいた。ところが、勉強ができるものだから、学校の先生がそれを惜しんで水俣実務学校に行かせるように親を説得した。彼女はその実務学校を出たあと代用教員となり、やがて文学の道を志すのですが、それはまた別の話です。とにかく昔はよその土地へ働きに出ることがごく当たり前であったのです。

さらにさかのぼって江戸時代は、十二歳ほどになれば丁稚奉公に行きました。商家に入ったり、大工や鍛冶屋などの職人になったりするのですが、仕事を覚えるまでは、まさに牛馬のごとくこき使われる。それでも辛抱に辛抱をかさねて、晴れて一人前になると暖簾分けをしてもらえた。この暖簾分けを夢見てみんな辛抱した。それをしないと食いっぱぐれるからです。

選択するから就職できない

さて、現代です。今の社会の重大な問題は、就職が困難であったり、就職口があっても労働条件が劣悪な、いわゆるブラック企業が跋扈しているのに、働く人びとを救うセイフティ・ネットが整備されていないこと。そうした問題を改善していくことは大事なことです。

　ところがその一方で、企業によっては、仕事の注文があるのに請けられない状況にある。たとえばゼネコンを始め建設業界では、復興事業など公共事業の仕事はいくらでもあるのに、それを請けられない。なぜか。まず、リースの機械が足りない。それに労働力がない。給料がほかに比べて安いからです。

　つまり、これは真の意味での就職難ではありません。仕事を選択するから就職が難しくなっている。

　気持ちよく働けて、自分の好みにあって、そして給料もほどほどにもらえるところ……。本当に食えないなら、人手不足にあえぐ建築業界に行けばいいはずです。もちろん仕事内容はきつい。現場によっては危険も待ち構えている。だから、そういう会社は忌避されるのでしょうが、今の就職難は、言ってみれば「ゆとりのなかでの就職難」なのです。「だからつらいのだ」と今の若者は言うかもしれませんが。

嫌でもするのが仕事

私は終戦の直前、昭和二十（一九四五）年の四月から満鉄大連鉄道工場に動員されて働いたことがあります。客貨車工場というところで、われわれ新米を付きっきりで指導するのは年配の工員でした。

私らの班に付いたのは、無口で口下手のおじさんでしたが、口下手なものだから、叱る代わりにスパナが飛んでくる。まあ、当たらないように投げてはいたのでしょうけど、まだ中学生の私らにすれば恐ろしいこと尋常じゃない。臨時工扱いの私らに対してその調子ですから、あれが本当の徒弟修業ならもっと過酷な指導がつづいたことでしょう。

この工員にかぎらず、昔の大人は若い者に容赦しませんでした。

お袋だってそうです。うちでは夕方、私ら子供たちに掃除をさせるのが決まりになっていて、桐の簞笥や仏壇は乾拭きしないといけないとか、いろいろ煩いんだけど、すむと母が細かく検査する。お袋は、私らが学校に行ったあと一人で掃除をすませるのに、夕方もう一度やらせるのです。ほかにも、食事のあと食器は必ず流しに運ばせて洗わせたし、何か言い返そうものなら「口から先に生まれてきて」と、口元をひねられた。その癖、私などお袋から猫かわいがりに可愛がられました。

今の母親は、子供のしつけ方が下手になっている。可愛がりながら厳しくすることができない。核家族化でお祖父ちゃんお祖母ちゃんがいないせいか、そういうものが伝承されないのでしょう。

そうして甘やかされた子供は我慢の仕方を知りません。昔から「嫌だ、嫌だ」とか言って道路の真ん中に大の字になって寝ころぶ子はいたけれど、母親がひとことき つく言うとあきらめた。今は電車に乗っていても、子供にちょっと口先で「ダメよ」となだめるだけ。だから聞きやしない。親も二度は注意しない。人前で叱るのは恥ずかしいことだとでも考えているのでしょう。

そうやって甘やかされた子供は、成人ちかくになっても、気に入らないことがあると、ぷいと放り出す。就職しても「この仕事は俺には合わない」と、すぐに辞める。世の中はお前のためにつくられているわけじゃないと諭しても、耳に入らない。

私だって、好きな職業にばかり就いていたわけではありません。書評紙の会社だって、小さな出版社だって、予備校だって、けっして好きで勤めたわけではない。もともと世の中に出るのが嫌で、学校も嫌いでした。集団生活はどうも合わない。

昭和五十六（一九八一）年から福岡の河合塾で講師として働きましたが、嫌だ嫌だという毎日。それでも二十五年間、勤めました。

そもそも私は教えること自体が嫌いです。一対一の指導はともかく、集団を相手に教えるのが苦手でした。とくに予備校講師というのは人気商売なので、仮に初回の授業に百人の生徒が来たとしても、徐々に減って五人にでもなったりすることがありうる。そうすればクビです。そういった人気取りも苦手です。だけれども、それでも二十五年間勤めたのです。

今の若い人は、嫌なことがあればすぐ辞める。あるいは職場に行きたくないから行かない人もいる。しかし、行きたくて行っている人間などいません。

私だって元々は集団のなかに入ってゆくのが苦手だったから、それを克服するにはけっこう努力を要することも知っています。職場に行けない人にシンパシーを持たないわけではありません。でも、みんなそれを我慢し、努力もしているのです。なぜ努力するかといえば、そうしないと自分と家族を食べさせられないからです。

ペッキング・オーダー

今の若者にほぼ共通するのは、幼少の頃から「自分に合う合わない」が行動基準になっていて、自分に合うところで気楽に生きられるような暮らしを好むことでしょう。言ってみれば、自分がそこで許され、保護されている領域でずっと生活してきたから、その域外に出ると、とたんに弱くなる。学校でいじめが深刻化するのも、そういう背景があるように思います。

生物の世界には「ペッキング・オーダー」というものがあります。「ペック」は「突っつく」、「オーダー」は「順序」で、鳥の仲間では弱い者から順に突つかれる、その序列のことを指しています。ニワトリの仲間のうちで、強い者が食べ終わるまで弱い者が待っているのを見たことがあるでしょう。あれも、弱い者が割って入ろうとすると突つかれるからです。ペッキング・オーダーは、人間界に移すといじめになる。

いじめは昔からあって、なにも今に始まったことではありません。ただし、いじめの仕方がより悪質になってきている。だから、いじめ自殺なんておぞましい事態に追い込まれる子も出てきてしまう。

では、どうするのがいいか。それには、いじめに対する耐性を高めるしかありません。いじめに遭う子供たちに耐える力をつけてほしいのです。

大連の小学校のクラスにクリスチャンの子供がいました。その子に対して教室を支配している悪童たちがやったことは、木の十字架をこしらえて背中に背負わせ、やいのやいのと囃したてることでした。ちょうど太平洋戦争が始まった頃です。小柄なのに生意気だというので、やっつけてやれと――。今なら確実に新聞ダネでしょう。

その子も私と一緒に大連一中に進学しましたが、最近出席した同窓会で顔を合わせたので、「あの頃はきつかったろう」と尋ねてみました。すると、「いや、相手は馬鹿だと思ってたから、どうということもなかったよ」と。まあ、遠い昔のことだから、当時、本当にどういう心境だったのかは推し量りがたいけれど、いじめ自殺をしないためには、それくらいの耐性というか意地が必要だということでしょう。実際には、ひとり泣いていた彼を慰めたことも私はあったのですが。

この社会は苦しいこと、辛いことだらけです。しかし、それに耐えられないからと歎いてばかりでは生きてゆけません。辛抱はいろんな場面で要求されます。今の子はその耐性がないために、あっさりと命を絶ってしまう。

中学時代、上級生の制裁には凄まじいものがありました。生意気なやつがいると呼び出され、何人にも取り囲まれて竹刀でめった打ちにされた。そういういじめの現象は昔からあったけれども、今はすぐ死んでしまうのはなぜか。いじめが悪質になってきているせいもあるけれども、保護された環境に育って耐性がなくなっていることも大きな要因でしょう。

もちろん、個人の気構えに問題を矮小化しても根本的な解決にならないことは百も承知です。それに、人間の耐性の劣化はなるべくしてなっているわけで、大きくいえば現代文明のはらむ深刻な問題ともいえます。

それでもなお、私は、それを社会や制度のせいにはしてほしくないと思う。社会がよくなる前に、自分自身が死んでしまうからです。嫌な仕事でも我慢をしなければ飢え死にしてしまうからです。生きたいという強い意欲をもたなければ、厳しい現実のなかでは生きていけないからです。

体罰の記憶は忘れられない

昨今問題とされている体罰について考えてみましょう。

まず基本として体罰は、けっして良いものではありません。殴られると痛いからではなく、人格的な侮辱となるからです。

私は成績が良かったし悪さもしないから、小学校ではほとんど叩かれた記憶はないけれど、一度だけ、四年生から六年生まで持ち上がりの担任教師に叩かれたことがあります。

そのS先生は優秀な先生で、板書する字はきれいだし、生徒が五年生になると教わる剣道の有段者だし、オルガンも弾くし――師範学校出はたいてい弾けるけれども――、S先生は作曲までできて、その曲を私らに歌わせるのです。戦前の教育現場で一世を風靡した「生活綴り方運動」の影響を受けておられたようで、クラスを班分けして、それぞれ自分の好きな研究テーマをやりなさいというように、当時としては先進的な作文指導に力を入れていたのです。とにかく万能で熱心な先生でした。そのS先生がなぜ私を叩いたのか。

六年生にもなるとみんな生意気になってきて、教師に渾名をつけたがるものです。そのS先生にも、愛称とはいえない嫌な渾名をみんなで付けたところ、それが先生に知られて怒らせてしまい、クラス全員叩かれました。

先生にしてみれば、三年間持ち上がったクラスだから信頼されていると思っておられたと思う。その分、裏切られた気持ちになり、手を上げたのでしょう。

ともあれ、私が小学校で受けた体罰はその一遍かぎりです。よく覚えているのは、それだけ私の心に、たとえ小さなものであれ傷を残したからなのかもしれません。いずれにせよ、体罰というのは、いかに「生徒のため」と思っても、後味の悪いものです。

理不尽に耐える力

さて、中学に入ると、戦雲たれこめる時代風潮もあって、上級生から殴られるのが常態化してきました。「おまえ、どこどこで某月某日、俺に会ったとき、欠礼したろう」というわけです。欠礼というのは、本当は帽子のひさしに手を当てて敬礼せねばならぬのに、それをしなかったことです。たぶん相手に気づかないで通りすぎたのでしょう。それで殴られる。

兵隊上がりの数学教師がいて、太っているものだから「三万トン」という渾名がついていました。ワシントン海軍条約で戦艦は三万五千トンに上限が設定されたのですが、「三万トン」もかなりの巨艦です。これが教室に入ってくるや、「廊下側の生徒は全員立て」。そして訳もわからず起立している生徒を順にバンバンバンバン！　そしていわく、「廊下の水道の蛇口から水が出っぱなしだ」と。体罰というものは、えてして理不尽なものです。

一高（旧制第一高等学校）は「自治の精神」で知られていましたが、大連一中でも「自治の精神」を謳っていました。まあ、一種のエリート意識の表れです。自治だとか自立だとか聞こえはいいのですが、中身は上級生による下級生の統制にすぎません。それに対して教員は口を出さないという意味の「自治」。

　こうして、上級生から殴られる。教師からも殴られる。とにかく、その殴る理由はなんでもいい。だから理不尽なのです。でも、この理不尽を体験したことは、今になって悪くなかったかなと思います。

　大連一中では、級長のことを「区隊幹部」と名前を変えていました。陸軍士官学校の予備学校である幼年学校で級長のことをそう呼んだのに倣ったわけです。なにかあるとすぐに「区隊幹部前に出ろー」と言われて、皆を代表してビンタを張られる。私は中学三年生、つまり敗戦まではずっと区隊幹部でしたから、その損な役回りを一手に引き受けさせられました。

　それでも、責任をとるべき立場であることを自覚できたし、そうやって試練に耐えられたことに、かえって誇りを持てたように思います。心のうちでは「おまえに殴られたって屁とも思わんぞ」と思いながら殴られる。こうして一種の反抗精神も培われた。そういう意味で貴重な体験だったとも思うのです。

　殴られるのでなく殴った経験もいくつかあります。喧嘩になれば殴らざるをえませんから。

若いころ英語塾をやっていたときに、遅刻してきた塾生を殴ったことが一度だけありま す。あとで「やはり殴るものではない」と思いました。私の怒り方はいわゆる瞬間湯沸か し器で、一発バンと爆発すればそれで気がおさまって気分はよくなる。けれど、殴られた ほうは嫌な気分がいつまでも残るでしょう。私にとっても嫌な記憶です。

ただ、場合によっては殴ってでも、その子をなんとか良い方向に導こうとすることはあ りうることで、それを体罰と批判しても、形式的批判にしかなりません。

昔の丁稚奉公にしても、なかにはいじめ根性で殴る輩もいたことでしょう。けれど、教 えることに懸命になって、「この野郎、いつになったら覚えるんだ」と、つい手が出てし まうこともあったにちがいありません。

それらを同列に論じて咎めるような風潮は、現今の人権意識が形骸化しているのと軌を 一にしています。ひとつの決まり文句というか規範を、十把ひとからげに適用するのは、 一種の思考停止でしかありません。ひとつの社会的な価値観を、正義の名において、人権 の名において、ヒューマニズムの名において、一律に強制しようという態度は、多様性を 認めないということであって、一種の「管理」です。

差別は存在する

正義なり人権なり、誰も反対できない看板を掲げてコントロールしようとする傾向は、この社会のあらゆる局面で見られます。「平等」に関しても多分にそのきらいがある。

ふつう江戸期には、武士だとか町人だとか百姓だとかの身分制があって大変だった、あれはよくなかった、というふうに言われるでしょう。そこには、「人間は平等でなければならないのに」という含みがある。しかし、人間が平等だとか何だとかいうのは、「ある次元において」という但し書きがついたうえでの話です。たとえば、「仏の前ではみんな平等だ」という言い方。そこに仏教の救いがあったわけで、キリスト教も「神の前では人間すべて平等」なのです。

その証拠に、現在でも、たとえば大会社の社長だとか弁護士、医者、大学教授、そういう人に対しては丁寧な口のきき方をします。江戸時代の庶民のお侍に対する口のきき方と変わるところはありません。身分制はなくとも、意識の上ではやはり上層階級と一般庶民とは、お互い、なんとなく区別し合っているのです。

社会的に上層とされる側の人間も、タクシーに乗ると運転手に向かって「おうい、どこまでやってくれ」と言ったりするでしょう。会社内であれば、上司は部下に対して「ワタナベ君」ならマシなほうで、「おい、ワタナベ、コピーとってこい」と言ったりします。私の知る新聞社なども、一年後輩だというだけで、もはや兵隊扱い。完全に呼び捨てです。それでコピーの取り方が下手だったりするとクソミソに言われる。

日頃の紙面で「平等」を旗印にしている新聞社にしてこうなのです。だから何が平等かと言いたい。こういう風土に「平等」を文字通り持ち込んだらどうなるか。名前の呼び方ひとつとっても、「ワタナベさん、もしお暇でしたらお願いします」と、思わず猫なで声になったりして。

いや、笑い事ではありません。われわれの生きている社会では、差異があるからこそ、そこに秩序が成り立っている。だから、平等が成り立つのは、裁判を受けるときとか選挙で投票するときとか、そういう「～の次元において」であって、それぞれ、法的な次元、政治的な次元においての平等なのです。

この社会は差異と差別で構成されています。そのことをすべて糾弾し、その解消に向かうならば、極論すれば子供が煙草を吸っていいことにもなる。

平等であるべき人間に対する「いわれなき差別」が許されるべきでないのは当然です。しかし、差別、差別と糾弾がゆきすぎれば、いわゆるＰＣ（ポリティカル・コレクトネス）

のように、形骸化して新たな差別を生みかねません。差別語狩りにも、そういう一面が見られます。

男と女はちがう

現実に、家庭においても社会においても区別がある。人間が集団を形づくり、なんらかの事業を遂行しようとすれば、指揮命令系統が必要となり、なにも軍隊式の強圧的な命令系統でなくとも、その事業を進めていくためには、命令する者と命令される者を明確に区別する必要が生じます。

だから差別をなくすなど、できない相談なのです。

しかし、世の中には「いわれなき差別」というものは存在します。今いったような組織として必要な差別でなく、人間本来のあり方を否定するような差別――未解放部落への差別とか、男女差別のある部分とか。これらは正していかなくてはなりません。

いま、男女差別の「ある部分」と言いました。男女差別は人間本来のあり方としてはなくすべきですが、男女の別は完全になくせるものではありません。なくすべきでもありません。男には出産などできないからです。

私に言わせれば、フェミニズムというのは、その実態は「女が男になりたい運動」になってしまっている。せっかく女に生まれてきたのにどうして男になりたいのか。

もちろん、政治の舞台に女性がどんどん進出していいし、企業のトップになってもいい。女にもそういう分野でリーダーとなりうる能力は十分にあるのですから。ただ聞いていると、男がやっていることを女にもやらせよ、というのはどうも勘違いしているように思えます。

ただ、この世の中に料簡の狭い男がいることも間違いのない事実でしょう。ある女性医師から聞いたところでは、大学の付属病院の医局で女性がしゃしゃり出ると、それを嫌う男性の医師がけっこういるらしい。そういう男は女を愛していない。愛せないのです。私は女性が大好きだから、優秀な女性が立派な発言をし、大きな活躍をすると、嫌な気がするどころか、大いに嬉しくなるのです。

女性に対して料簡の狭い男は、じつは同性に対しても料簡が狭い。男だから女だからではなく、そもそも人間に対して料簡が狭いのです。器が小さいのです。だから、これは人間の器量の問題であって、器の大きな男は「女のくせに」などとはけっして言わないでしょう。

セックスをやめれば人類滅亡――不毛な「男女戦争」

不毛な「男女戦争」など、もうやめる潮時でしょう。なのに、逆にますますエスカレートしているようにも見えます。

アメリカ映画を見ていると、おや、と思う場面にしばしばお目にかかります。女が男に対して文句を言うこと、これは当然のこととして認められているのに、男のほうは、女から文句を言われても耐え忍ばなければいけなくて、それに反撃はできない。まして や、男が女を叩くなどもってのほかだけれど、男は女に叩かれることを甘受しなければならない。

アメリカという国は、そういう点で現代社会のある種の喜劇化を体現しています。要するに、女は何をしてもいい。これは喜劇ではあるけれども、男にとっては悲劇です。女のふるまいを耐え忍び、なおかつ、そっと抱擁してみせるのが立派な男だということになっている。

男と女は、やはり身体つきもちがえば考え方、感じ方もちがう。男と女が何かしようと思ったら、いつでも喧嘩は起こりうる。けれども、この男女のあいだを媒介し、つないでいるのが性——セックスです。

原発を云々する前に、セックスをやめてしまえば、人類は滅亡する。地球上のすべての男女がセックスを四、五十年も中止すれば、たちまち人類は滅亡します。

性は男女をつなぐ基本です。もちろん、終生、セックスをつづける必要などありません。セックスから離れていっても、年をふるにつれて愛情を深めていくことができるからです。

ところが世の中には、齢を重ねるごとに、敵《かたき》同士みたいになる夫婦が多いようです。「うちの両親は、同じ家にいても口もききません」という話をよく聞きます。とくに日本の亭主はアメリカと大きく異なり、自分が主導権を取らなきゃと思っていて、それに奥さんが横槍を入れると途端に不機嫌になる。まあ、どっちもどっち的な面はあるけれども、概して日本では男のほうに愛情が足りないと思う。

『アイリス』(二〇〇一年製作)という映画があります。イギリスの女流作家アイリス・マードックを回想した夫(ジョン・ベイリー)の原作を元に、アイリスとの結婚生活を描いた作品です。

アイリスは晩年、認知症のために言葉が出てこなくなり、書けなくなった。作家にとって言葉が出ないのは致命傷です。そんな妻を夫があふれんばかりの愛情をもって介護する。

そういう映画です。献身的に、あるいは義務的に介護する夫はいるでしょう。けれど、このマードックのご亭主は、妻のことが可愛くて可愛くてたまらなくて介護する。

そういった意味で感動的な映画でした。亭主役もよかったけど、アイリスの役を演じたジュディ・デンチがとてもいい。

女に尽されるより、尽す方が愉しい

私は、イタリアの映画監督フェデリコ・フェリーニのファンタスティックな世界が好きです。道化師が先頭に立って笛を吹き、それにみんなが付いていく、ああいった幻想的でもの悲しいシーンが気に入っている。

それとは別に、フェリーニという人は大変な女好きで、大勢の女性と関係を持ったけれど、一人として棄てなかった。最初の恋人とも、死ぬまで友達として付き合っていたそうです。つぎつぎと女をつくり、つぎつぎに棄てる男が多いのに、一度愛した女にはいつまでも情が残って、次の女がいるのに前の女と友人関係でいられるというのは、すごいことだと思います。

欧米の男性にも個人差はあるでしょうけど、一度、女を愛したら、とことん大切にする男が多い。その大切にする仕方も、身体表現でもって触ったり撫でたり、そして照れることなくお世辞も言う。こういうのが日本の男性は最も苦手です。

欧米の男性は、突き詰めれば、女とセックスしたいがために一心にサービスするのに対し、日本の男は変なプライドにこだわって、どちらかというと奉仕されるほうを好む。でんと構えて、世話女房に世話をやかれるのが好きなのです。

しかし私は、女から奉仕されても少しも面白くない。むしろ、こちらが女に尽くして、目一杯サービスする方がよほど愉しいと思う。

3　生きる喜び

身の丈に合った尺度

人が幸福だとは、一体どういうことを言うのでしょうか。

一個の人間が一生を通して幸せに過ごそうなどというのは、欲の皮が突っ張りすぎなのかもしれません。幸福と不幸は糾《あざな》える縄の如しで、こいつは不幸のはじまりかと心配したら、実際は幸せのはじまりだったということもあれば、せっかく幸福をつかんだと思ったのに、とんでもない不幸が待ち受けていたとか、小泉さんじゃないが人生いろいろです。

一生のあいだにはさまざまな出来事があって、愛する人が突然死んでしまうこともあれば、失恋することもある。しかし、パートナーの死も失恋も、偶然です。相性のいい人を好きになれば失恋することもないはずだけれど、相性のよしあしを最初から見抜くことはなかなかできません。同様に、死んでしまうのも病いにかかるのも、みな偶然です。

もっとも、不幸を避けようとして避けられることもある。なるべく危なそうな事柄に首を突っ込まないようにするのです。

しかしそれは、賢く一生を送れるかどうかの細かなテクニック、あるいは注意力の範疇に属することであって、すべての不幸を避けるなど不可能だと言えます。不幸の種はかぎりなくこの世に存在していて、どうあがいても不幸は、人生に起こってくるものだからです。また、注意深く不幸の陥し穴に落ちるのを避ける人は一種の賢人ではありましょうが、何だかみみっちい気もいたします。

逆にいうなら、幸せなことがまったくない一生もないはずです。一生かかって女一人からも好かれたことがない、そういう男性がおられたら、お目にかかりたいものです。

人間の一生には幸福も不幸もあるけれど、その評価は、自分で一生を総括してどう考えるかの問題だということになります。他人が判断できることではありません。幸福度を客観的に測る基準などないからです。

人間の幸福とは、摑みどころのないもの。それでも、ひとつだけ言えることがある。幸不幸の入り混じった人生ではあっても、それを通観してみて、自分なりの尺度でもって判断することはできる。幸も不幸もあったけれど、どちらがより多かったのか、無駄な一生だったと振り返るのか、それとも実りの多い一生だったと思うのか。

その際、大切なことは、自分の人生をあるがままに受けとることでしょう。それは、自分の人生を無理に初めから肯定することではありません。それでは、単なる自己満足、自惚れにしかすぎません。そうではなく、まずはあるがままに受けとれるかどうか。そこにすべてがかかっています。逆にそうできなければ、「自分の人生はこんなはずではなかった」と、恨みや後悔ばかりに苛まれることになるでしょう。

要は、基準となるべき独自の尺度を一生かけてつくりあげられるかどうか。

十九世紀後半から二十世紀初頭にかけてのスウェーデンに、ストリンドベリィという劇作家がいました。人間嫌い、女嫌いで通っており、フランス語でいうところの「ミザントロープ（人間嫌い）」で、その作品も一種の「憎悪の文学」といわれます。なぜこの人を持ち出したのかというと、彼が終生、世の中に対して憎悪の炎を燃やして生きたのは、それが彼にとって生きがいであったのかもしれず、極端なものではあっても、彼なりの人生の尺度であったと考えられるからです。

自分の人生を評価するとき、別に大きな哲学は必要ありません。自分の身の丈に合った尺度でかまわない。ストリンドベリィのように、世間一般には奇矯とみられるものであっても、自分で納得して、やるだけのことはやれたと思える尺度であればいいのです。

ひとつ付け加えるとすれば、そうした自分なりの尺度を、若いときからあせって完成させる必要もありません。一生かけて構築できれば十分。私だって、己の尺度が固まってきたなと思えてきたのは、せいぜいこの十年くらいのものですから。

この世は喜びの宝庫

しかし、私たちの日々の生を支えているのは、もっとささやかな、生きていることの実質や実感なのかもしれません。

本当に何げないもの。たとえば、四季折々に咲く花を見てほっとするような小さな感情とでもいったらいいのか。あるいは花を咲かせない樹木であっても美しいし、山が好きな人は山登りをすることに生きがいを感じたりもする。あるいは街角に佇んでいて、ふと斜めに日の光が差し込んできたその一瞬、街の表情が変わってしまうようなこと。空を見上げていたら雲のかたちが何かに似ているなと感じること。この自然、この宇宙は、われわれにいろんな喜びを与えてくれるのですが、案外、人間の一生は、そうした思いもかけない、さりげない喜びによって成り立っているのかもしれません。

一つのカップがあったとして、それを手にしたときの重さが心地いいとか、手触りがいいとかいうことがあるでしょう。じつはこの世というのは、そうしたもののかたち、色、匂い、音、気配としてわれわれと相対していて、もちろん、なかには非常に不快なものもあるけれど、われわれは、そういった自分の感覚を通じて世界と呼応しており、それが生きていることの実質なのです。

小川国夫の『試みの岸』という小説に、竹の切り口に五十銭銀貨を乗せる話が出てきます。主人公の十吉が世話になった年寄に感謝の気持ちを表そうと、銀貨を差し出すのですが、年寄は受け取ろうとしない。それで仕方なく、

「十吉は竹垣の上へ銀貨を乗せた。その竹の切り口は、銀貨とおなじ広さだった」

竹の切り口と銀貨のそれぞれの直径がぴたりと一致した——言うも馬鹿らしい何でもない出来事です。意味があるのかといえば、何の意味もない。しかし、十吉の生は、このささやかな事象と自分とのあいだに心を通わせることで安定を得ている。つまり、そこに生の実質があるのだ、と小川国夫は言うわけです。

この世には、そういった細部がぎっしり詰まっている。われわれはそれらの生の実質を感知して、それに反応したり逆に働きかけたりの相互作用を行っているのです。

この世は、生きていることの実質の宝庫です。そしてわれわれ人間は、五感をもって森羅万象に呼応することができる。

幸福な瞬間は向こうからやってくる

しかし、そうした生の実質も、意識して得られるものではありません。一日が終わってみて、ふとした瞬間、この世がすべて肯定できるような思いにとらわれる。他人のいやな面も、己の醜さも、全部ひっくるめて、ああ、この世はこういうものなのだと受け入れるときがある。それはなんの理屈でもないし、自分から生みだしたものでもない。作家や画家は、文章で、あるいは一枚の絵でそういう幸せな瞬間を描こうとするけれど、そんな意識的につくりだそうとする行為でなく、誰でもふとそうした境地に立ち至ることがあると思うのです。いわば、むこうから訪れてくる幸せな瞬間が。

だから「他力」なのです。自力でその瞬間を呼ぶわけではない。世界がそういう顔をして立ち上がってくるのであって、自分が立ち上げたわけではないのです。

「他力」といえば日本では親鸞が思い浮かぶけれど、親鸞の「他力」は、あの人自身の宗教的な模索、苦悩の果てに生みだされた、ひとつのいわば体系的な考え方でしょう。一方、キリスト教も「他力」だと、内村鑑三は言う。いま私が言った「他力」と、親鸞の阿弥陀信仰や内村鑑三のキリストについての考察とは、そのまま重なるものではないでしょう。けれども、一脈通じているところはあるはずです。というより、もともと世界がそういう在り方をしているからこそ、親鸞も内村鑑三も、自分の信仰を「他力」というふうに感じたのでしょう。

考えてみると、われわれの生きている世界は途方もなく豊穣です。この世界は、いろんな形に満ちている、声や音色に満ちている、色彩に満ちている。これは、じつは大変なことだと思います。

それにひきかえて、現代文明がつくりだしている人工的な空間は、ひたすらクリーンです。歪みや汚れがない規格品のように、宇宙船の内部のように、非常にスマートで清潔で整っていて、単調なことをきわまりない。逆にいえば、非常に単調であるがゆえに、歪みも汚れも乱雑さも含まない、じつに貧しい世界。そんな世界で生きていかねばならない人たちは、まことに気の毒としか言いようがありません。

「貧困問題など俺には関係ない」

こうした現代文明が行きついた地点について、ほかの誰もが見なかったような様相を見抜いた偉大な見者がいます。イバン・イリイチです。彼は一九二六年にオーストリアのウィーンに生まれ、二〇〇二年に七十六歳で亡くなりました。

著書『生きる意味』（藤原書店）に、こういうくだりがあります。

ある人から「エチオピアの貧困問題をどうすべきだと思うか」と問われて、イリイチは答えます。

「アイ・ドント・ケア（I don't care）」

かなりショッキングな言葉です。

「ケア」という単語は、「世話をする」とか「面倒をみる」という意味で、否定形だと「俺には関係ないよ」「どうでもいいさ」といったニュアンスになり、要するに「エチオピアの貧困問題など俺には関係ないよ」という意味に取れる言葉です。

一体、イリイチの真意はどこにあったのでしょうか。この言葉からは、イリイチが「ケア」というものを、どれほど根本から批判していたかがわかります。

ケアとは、人間の存在を「ニーズ（基本的な欲求）の固まり」として捉える人間観にもとづいています。そうしたニーズをひとつひとつ満たしていくのがケアである、と。しかし、じつは、ケアこそが、もともとはありもしなかった人びとのニーズをつくりだしているのではないか。これが、イリイチが看破したことでした。

現代社会には、商品化され、また行政管理の対象となるケアが、いたるところに存在しています。その領域はいくつにも分かれ、各領域のニーズを診断し、それぞれに合ったケアを提供する専門家が存在する。たとえば、国際機関のテクノクラートや社会福祉事業の従事者や医療機関の職員たちです。

彼らがそれぞれの専門領域ごとに提供するケア――近代化という名のもとになされる事業――をイリイチは根本から嫌いました。専門家は、「人びとのニーズに応えるためにケアを提供している」と思っている。そしてそのことが、彼ら自身の専門家としての存在理由ともなっている。しかし、じつは、彼らがそう思い込んでいるだけであって、むしろ専門家がもともとはありもしなかったニーズをつくりだし、ケアを通じて、結局は、人びとの生を管理しているのだ、と。しかも、使命感をもって熱心に働いている専門家ほど、事態を悪化させているのだ、と。

アフリカの貧困問題を解決しなければならない。そのために国際機関が出動しなければならない。先進国は食糧品を供与せねばならない。そうやって専門家がドカドカと地域に入っていく。そこでさまざまな近代化の事業を展開する。そうやってケアに依存するしかない人びとをつくりだしていく。

しかし、人間は、本来、自然と交渉して、自らの生活空間を自力でつくりだす能力をもっているとイリイチは考えます。モノを消費することではなく自分で必要なモノをつくりだすことこそ人間の面目であり、他者との共生や福祉も自生的な地域共同体の活動によってもたらされるべきである、と。人間はもともとそういう能力をもっているのに、専門家がケアを排他的に提供することで、その役割を「専門家」として独占することで、むしろ人間からそうした能力を奪っている、と。

ケアとは、お節介な「管理」

イリイチは、分業や専門職や科学技術や資本制的産業を全面否定したわけではありません。彼が問題視したのは、ケアに一切を依存することによって生じる人間の自主性の喪失です。そのことに、ケアを提供する専門家も、ケアを受ける私たちも、あまりに無自覚ではないか、というわけです。

これは何もアフリカの貧困問題にかぎりません。発達した交通機関、学校、病院、福祉施設など、現在の豊かな日本社会には、いたるところにケアが満ちあふれています。それをふつう私たちは、「福祉の充実」として捉えています。しかし、果たしてそうなのか。むしろイリイチは、そうした福祉社会を「地獄」だと診断しました。

タクシーの運転手から聞いた話です。近頃は近距離でもなんでもオーケーで、むしろ近いところに行く客のほうが大事だという。その点、いちばんの得意客は病院通いのお爺ちゃんお婆ちゃんだとか。たいていは基本料金か、それを少し出るぐらいだけれど、しょっちゅう乗ってくれるから大助かりだというのです。

背景には、高齢者医療の問題が横たわっています。彼らは、病院に行かなければならないと思っている、いや、思い込まされている。保険が利いて医療費が何割安だからとクスリ漬け、検査漬けにされ、あるいはメタボがどうのとか言われて、まだ生活習慣病にかかっているわけでもないのに、強迫観念に追い立てられるようにして病院に通う。

現代の病の少なからぬ部分は、「医原病」と言えるかもしれません。こうした現代医療のあり方こそ、イリイチが問題視した、商品化され、管理されたケアの典型です。

老人が病院に通うのは、ひとつには、それが楽しみだということがあるのかもしれません。近所の住民も家族も相手にしてくれないけれど、病院にいけば待合室で顔なじみを見つけておしゃべりもできるし、医者や看護師も愚痴を言う相手をしてくれる。しかしながら、こうして病院に通ううちに知らず知らず、上から与えられ管理されたケアに依存していく。そうやって、病院で生まれ病院で死ぬのが当たり前になり、自分の生き死に自体が自分ではない何かに管理されていく。

ディケンズの『我らが共通の友』という小説に、洗濯物のしわのばしをして暮らしている老女が出てきます。娘にも孫にも先立たれ、慈善家が引き取ってやろうというのも断って、方々で編物などをして暮らしていけるからと旅に出ます。彼女の恐怖は、政府の「福祉」につかまって施設に放り込まれることでした。結局、彼女は農家の納屋で死を迎えますが、それは威厳にみちた死で、彼女は一箇の自由な人格として死んだのです。

私も、やはり自分の人生の主人でありたいと思う。そういうプライドをもつことが、自分の人生を生きるということでしょう。

誰かにお世話してもらうことはあっても、できればお互いに世話し合うのが理想です。年を取ったら子供の世話になることだってある。それは世代間の順送りだから、「俺は子供の世話にだけはならんぞ」みたいに意地を張ることもない。けれども、世話になっても依存したくはないということ。依存＝支配なのですから。たとえお世話になろうとも、心の中では自分の人生の主人でありたい。

近代化の光と影

もちろん、一方で近代化がもたらした恩恵を否定することもできません。

この社会があらゆる点で初めて豊かになり、便利になり、健康的になったのは、十九世紀の後半ぐらいでしょう。それ以前の「貧困」というのは、それはもう悲惨なものでした。よく「清貧」と言いますが、そんなきれいごとは通用しない、容赦のない貧しさでした。そう考えると、豊かであることは、やはり進歩であり、いいことなのです。

たとえば、熊本には「霊感公」と呼ばれて名君の誉れ高かった熊本藩六代藩主の細川重賢がいました。彼は天明の大飢饉に際して炊き出しを行ったり、ある一定の救恤策を講じました。しかし、その名君をもってしても追いつかない。古川古松軒（一七二六―一八〇七）という江戸期の紀行作家が、この名君の限界について書き留めています。

古松軒が肥後にやってきたところ、阿蘇谷で白骨が転がっているのを見た。大飢饉のあった直後なので、餓死した者の哀れな姿だったのでしょう。そこで「名君の治はなきものと思えり」と記した。そんな立派な藩主ですら、飢饉の際、民衆を救うのは至難の業だったことを物語っています。飢饉が起こって人が死ぬという現象がほぼなくなったのは、やはり近代化の賜物なのです。人類は飢饉を近代化によって克服してきました。しかし、その一方で、近代化は、福祉やケアの充実の反面、人間の自主性の喪失という逆説的な結果をもたらしもしたのです。

コミュニティの光と影

ともに手を携えて生きる仲間がおり、お互いの一生をなんとか無事に過ごせるように協力し合ってゆくような、イリイチが理想としていたような自立と共生の仕組みは、江戸時代までは日本にも存在していました。それは、長屋の住人たちのような互助組織です。

たとえば、ある母親が飲んだくれて生活能力を失い、まだ歯も生えそろわない子も含めた五人の子供たちを、さてどうやって育てるかというとき、長屋のご隠居が率先して話し合い、この子とこの子は熊さんちで、この子とこの子は八つぁんちで面倒みようということになる。そこに長屋の人情劇が成立するわけですが、今の言葉でいうなら、これが江戸時代の「セーフティ・ネット」として機能したのです。

ところが、いざ、そういう助けが必要になったとき実際に助けてもらうには、日頃の付き合いというものが欠かせません。義理が欠かせないわけです。こうした付き合いはけっこう煩わしいもので、近代化とともに、人びとはそういう付き合いを敬遠するようになっていきました。

私の母親は大連にいたころ、ここの暮らしは内地よりいいと言っておりました。その理由は、「近所付き合いをしないでいいから」というのです。当時の大連のアパート暮らしでは、今のマンション暮らしと同様、隣近所との付き合いがほとんどなかった。これは江戸時代の近所付き合いには望むべくもなかった近代人の生きやすさです。

しかしこうした共同コミューンが廃れてしまえば、行政組織や専門家が登場してきます。アメリカ映画でよく裁判所が、麻薬や売春の前科があるとかアルコール中毒だからとかの理由で、ふつうの生活ができなくなった女性に対して「おまえには母親の資格がない」と宣告し、子供を取り上げてしまう場面が出てきます。江戸時代の長屋なら、親戚に預けたり長屋の住人で面倒をみたりしていたものが、ここではお上に下駄を預けざるを得なくなっているわけです。

映画のストーリーとしては、このあと母親が子供を取り返そうとしてさらに犯罪を起こす、といった展開になるのでしょうが、ケアというものの正体が、そういう筋立てにもよく表されています。

自分たちでつくる「独立国家」

自生的な共同社会は、すでに世界規模で力を失っています。人間の社会がこれだけ産業化され、商品化されてくると、その暮らしは確実に豊かになり、便利になり、健康的にもなる一方で、コミュニティの力はすっかり荒廃してしまいました。

では、長屋的な助け合いでもなく、管理されたケアでもない、今の時代に合った何らかの仕組みは考えられるのか。じつはそれがまだ無いから困るのです。

しかし、果敢な試みもすでになされています。

たとえば、熊本にいる建築家で作家の坂口恭平さんは、「0円生活」という面白い活動をしています。

彼がモデルにしているのはホームレス、いわゆる路上生活者です。彼らの住まいや生活の工夫を徹底的に研究して、彼らの視線でわれわれの生き方を見直すと、さまざまな発見がある。坂口さんの活動はここを出発点としています。

イリイチは、これと似た発想をこんな言い方で表現しています。いまの高度消費文明から転換しようと思うなら「プラグを抜けばいい」と。個々の人間が、これからは安易な消費生活に依存しないぞと覚悟を決めれば、消費文明からの脱却はたやすいことである、と。

ところが、話はそう単純ではありません。今日の高度消費文明は堅固な構造を持っています。消費文明にはいくつもの弊害があるにしても、やはり人間の持っている欲求を満たしてくれているのに確かで、それはそれでかなり強固なものです。

まさに「言うは易く行うは難し」。現にいま、私たちは消費文明の中に生きているわけで、あまり抽象的なことを言っても、それが方向性としては正しいとしても、そのような社会の転換がいつ起こるかは覚束ないし、また実践的にどうすればよいのか途方に暮れてしまいます。

またさっきのケアの話でも、自分が老齢の上に病気になったりしたとき、ケアの充実した老人ホームが存在すれば、これよりありがたいことはありません。ケアに依存して人間としての自立性を喪うなという警告はわかりますが、地域で互いに面倒を見合うような共同社会はもはや存在していないし、さらにそういう相互扶助では間に合わないような複雑で高度な社会の中に、われわれは生きてゆかざるをえないのです。

ですから、当面、われわれに必要なのは、まずは自分の身のまわりに目を向けること、この生きづらい社会のなかに自分の居場所を何とか探しだすことでしょう。

「どこにも属せないから、自分たちで独立国家をつくる」と坂口さんは言います。「高度消費社会」と言われようとも、この社会にはまだまだ利用できるエアポケットがあるものです。そういう場を見つけて、友だちと何かの店を開くのもいい、百姓仕事を始めてもいい。とにかく自分たちの力で何かをやってみること。高収入は望めなくとも、自分と家族が生きてゆけるだけの場を見つけられればいい。

若い人は、安定した身分保証のある職業を求めるのに懸命で、将来に不安を覚える以上、それもある程度は無理からぬことでしょう。しかし、そんなに怖がる必要はありません。

私も給料をもらって生活したのは通算五年ぐらい。ボーナスなるものをもらったのは人生で二回しかない。河合塾福岡校で働いたときもサラリーでなくギャランティだから、ほとんど保障はない。交通事故にでも遭ったらどうなっていたか。妻には苦労をかけたけど、それでも何とか生きている。

まだ妻が生きているときだから十何年も前の話だけど、娘が母親に「お父さんはいつまでも元気ね」と言うと、「元気なはずよ。あの人は自分の好きなことばっかりやってきたんだから」。本当にそうだと思います。まあ、妻には感謝しなければいけないけど、人間、生きてゆくうえで、そんなに恐れることはない。ただ、そのために家族はもちろん、友が必要です。友だちがいなければここまで来られなかったと思う。

たとえば英語塾です。東京から熊本に戻った当初、三十五歳のときに『熊本風土記』という雑誌を始めましたが、このもくろみはあえなく一年でつぶれました。そのあとで、五高時代の同級生に「おい、英語塾を始めろよ」と言われたのです。「へえー、どうすんの」「まず、お寺でも借りなさい」「その次は？」「新聞にチラシを入れなさい」

やってみたら生徒がどんどん来た。この塾は、水俣病の活動で手を取られ、上手くいかなくなるまで続きました。

そんな調子で、友がいたからこそ、何とか生きのびることができました。

就職ができないからと落ち込んだり、引きこもったりしている人たちに言いたい。いかに管理された社会、出来上がった社会であっても、みずから出かけていって自分の居場所を見つけてほしい。そこには必ず、自分に適した穴ぼこがある。そういうニッチ（生態学でいう棲息の位相）を発見し、あるいは創りだしていくことが、世の中を多様にし、面白くすることになるはずです。

ただし、私はいわゆる「自己責任」を説いているのではありません。今日のように高度に構造化された社会では、自分ひとりの責任に帰せられないことがたくさん生じてきます。政府とか地方自治体の責任において、いわゆるセーフティ・ネットを構築することはもちろん必要です。その意味で制度や政策を時代に適うように変えてゆかねばなりません。

困難なのは、制度よりも意識を変えること

しかし、一番難しいのは、政策や制度を変えることよりも、メンタリティを変えることでしょう。これはなかなか変えられない。政治家も官僚も大衆も「モメンタム」を持っているからです。

モメンタムというのは「惰性」のことで、われわれのメンタリティには惰性が働いています。たとえば、こうすればいいと分かっているのに、政治のリーダーがその方向を示しても誰もついてこない。選挙で必要な政策の是非を問うても必ず負けてしまう。

セルジュ・ラトゥーシュという、フランスの経済哲学者がいます。脱成長論の代表的な論客で、彼は「GDPを一九六〇年代のレベルにまで落とせ」と主張しているのですが、そんな政策を掲げた政党があれば、必ずや選挙に敗北するはずです。なぜ勝てないかというと、選挙民のメンタリティにモメンタムが働くからです。「経済成長」という強迫観念に囚われた現代人のメンタリティを変えるというのは、それほどの大事業です。あるモメンタムが存在するのも、それなりの歴史的経緯があり、生活に密着したそれなりの理由があるからです。

今の日本人を支配している価値観は、とにかく「経済成長」でしょう。

そのことはタクシーに乗ってみればよく分かる。運転手から聞かされるのに、客がひろえない、景気が悪いという愚痴ばかりです。人びとの頭の中を占めているのは景気の良し悪しだけ。ひと握りの識者が「経済成長などなくても生活は豊かになる」というような本を書いても、相変わらず国民の夢は、どんどん景気がよくなって、GDPが増加して、暮らしが豊かになって……であることにかわりはありません。

そういう思い込みから抜け出すには、現代を相対化して見ることが大事でしょう。その意味で、江戸時代には、たくさんのヒントが詰まっています。江戸の人びとは、貧しくとも、幸せに生きる術を知っていたからです。

4 幸せだった江戸の人びと

幸せに暮らす術を知っていた

幕末・明治期に日本を訪れた外国人の記録を読んでいてまず驚いたのは、外国人の誰もが「日本人は幸せだ」と書いていることでした。明治期、ドイツからやって来た医師ベルツは「日本人というのは幸せな民族だ」と書いています。三、四人の日本女性が寒い冬、朝早くから重い荷車を引いてやって来た。寒風で頬は真っ赤になっているのに、みんな幸せそうに笑顔を浮かべておしゃべりしている。日本人というのはなんと幸せな民族なのだと、ベルツは感嘆するのです。

実際、彼ら江戸期の人びとは、辛いことは軽く脇にそらしてやりすごす術に長けていた。それは一つの文化、あるいはひとつの伝統としてあったのでしょう。そしてその気風は、現代でも完全にはなくなっているわけではないように思います。ひとつ例をあげると、テレビで日本に住む外国人が座談会を行うと、アジア人でもヨーロッパ人でも、口を揃えて褒めるのが日本人の気遣いです。日本人はつねに場の雰囲気を考えてなごめるようにしているというのです。

エドウィン・アーノルドは、もう若い読者はご存知ないでしょうけど、『亜細亜の光』

という長編詩集が戦前、岩波文庫に入っていた詩人です。その彼は、日本人は、いかにすればお互いに気持ちよく幸せになれるかについて、社会契約を結んでいるように見える、と書いている。それほど日本人のあいだには互いへの気遣いが浸透していたと言いたかったのだと思われます。

明治初年、横浜で『ザ・ファー・イースト』という写真入り隔週刊紙を発行していたジョン・レディ・ブラックは、別の角度から日本人を描写しています。いわく、日本人には時間の観念がない。旅行するにも東海道をてくてくてくてく歩いて、急ぐ気配もない。歩いていればいつかは着くとでもいうのだろうか。途中には何軒もの茶屋があって一休みするが、そこで知り合った人間とすぐ打ち解ける。警戒心がないというか、この世に生きている人間はみな友だちだと考えているように見える……。さすがにブラックも「旅は道連れ世は情け」ということわざは知らなかったでしょうけど、日本人の気風を見事に言い当てています。

ブラックの描写はまだあります。日本の人びとは外国人を見つけるとすぐ取り巻いて服をいじってみたりする。女でも異国の男性を怖がらない。中国人の女性は外国人を見かけると逃げてしまうのに……。

私は、これら外国人の見聞を鵜呑みにしたわけではありません。実際問題として、個々の日本人を見れば、幸福な人もそうでない人もいたにちがいありません。それでも、社会的なマナーとして「朗らかにやろうじゃないか」「和やかにやろうじゃないか」という態度を示し合っていて、そこのところを彼ら外国人の多くが心に留めたのでしょう。アーノルドは、明治初期の東京の朝の街頭風景が、いかに幸福感に溢れたものであるか、描写しています。

貧民窟が見当たらない

幕末当時のヨーロッパは十九世紀の後半、工場労働者の生活の悲惨さがますます顕著になっていた時期にあたります。

エンゲルスの有名な論文「イギリスにおける労働者階級の状態」が書かれたのは一八四〇年代。あそこに書かれた悲惨な生活実態は、イギリスだけでなく欧州全土に拡がっていました。労働時間が長く、ほかに楽しみもない労働者たちは、ひたすら酒を飲んでアル中になるしかない有様。街のそこかしこには、そうした落伍者が吹きだまる貧民窟ができていました。

日本を訪れるようなエリートたちは、西洋の大都会で、貧困に打ちひしがれて苦悩が刻まれた落伍者の顔を見てきましたから、日本に来てみて、そんな表情には一度も出会わないことに心底驚いたのです。

その一方で、日本には極端な金持ちもいないことも意外でした。将軍に謁見するため登城した江戸城の装飾にしても、堂々としたものではあるけれど、ヴェルサイユ宮殿の鏡の間などには比ぶべくもない。そして将軍がかぶっている冠をとくと見ると、なんと紙を漆で固めたような代物ではないか！

例の大森貝塚を発掘したエドワード・モースは、より突っ込んだ観察をしています。日本には母国アメリカに見られるような貧民窟がない。貧乏長屋はあっても、すぐ近くにお大尽の屋敷がある。欧米では上流階級が住む区域と貧困層の住む区域は画然と分かれているのに。

そして彼はこう断じています。貧しい人はもちろんいるけれども、けっして彼らの暮らしは悲惨ではない、と。

江戸時代は、どんな貧乏人でも最低限、人間らしい愉しみを持って生活できる保障がありました。そのあたりのことを伝える回顧談が残っています。詩人で彫刻家の高村光太郎の父、おなじく彫刻家の高村光雲によるものです。むろん、幕末のころの話です。

光雲は当時誰しもそうしたように、親方の家に徒弟として住みこんで修業したのですが、奉公を終えて一人前の職人になれば、貧しいながら晩酌に一本ぐらいの酒はついたし、家賃さえきちんと払っていれば大家も怖くない、世の中、怖いものなし。誰にも頭を下げずに自分の腕一本で食っていけたと言っています。

お断りしておきますと、これはあくまで下層の職人の世界です。それでも、ちゃんと生活してゆけるだけの保障ないし仕組みがあった。長屋に暮らしていれば、長屋仲間の相互扶助というものがあったし、まじめにさえ働いていれば食いっぱぐれることはなかったのです。

「民主的」だった江戸社会

彼ら外国人が魅力を感じたのは、人びとの暮らし向きだけではありません。身分や階級の区別がゆるやかなこと、裁判が公正に行われていること、それに町の佇まいにも目が向けられます。

たとえば、江戸の町には庭園が非常に多く、神社仏閣もひとつの庭園の中にあるし、大名屋敷にも必ず広大な庭園がついている。しかも大名屋敷は、年に何度か一般庶民に一日開放を行い、近隣の住民たちの参観を許している。貴族だけ、紳士淑女だけしか入れない場所ではない。こうして江戸が開放性を持った「公園都市」であることに、彼ら外国人は目を洗われたわけです。

レフ・メチニコフという、明治七（一八七四）年に明治政府の招きを受けて日本にやって来たロシア人がいます。彼はアナキストで、日本は「オリエンタル・ディスポティズム」、つまり「東洋的専制」がしかれた窮屈な国にちがいないと思いこんでいました。それが来てみたらまったくちがっていたというのです。

日本人の気風はむしろデモクラティックで、西洋のような階級的差別もきびしくない。それは芝居を観ていて分かる。場が転換して背景や道具を変える際に、何と観客が舞台に上がって手伝っている。劇を作り上げるのに民衆も参加するのだ。

また別のアメリカ人女性も言っています。日本の女中や下男らの使用人は、主人の言うことをちっとも聞かない。「羊肉を買ってきなさい」と言われて牛肉を買って帰り、「このほうが安うございましたから」と言う。西洋では主人の言葉は絶対命令だけれど、日本では使用人は自分の考えを持ち、その方が主人のためになるなら、自由に裁量権を行使する。

このアメリカ人女性はこうも付け加えています。アメリカ人女性が日本に来たら、最初のうちは物凄いフラストレーションを感じることだろう。

この女性は日本では華族の子女が通う女学校で教鞭をとったのですが、教材にバーネット夫人の『小公子』を使っていました。ご存知の通り、ニューヨークで母と庶民の暮らしをしていたセドリックが、英国の老伯爵である祖父に呼び寄せられ、イギリスで貴族生活を送るというお話です。

その中に、ティータイムか何かで、家族のおしゃべりを直立不動で聴いていた使用人が、ジョークに思わず、くすりと笑った、それを家族たちがきっと睨みつけるというシーンが出てきます。すると日本の華族のお嬢さんたちは、なぜ使用人が笑っちゃいけないのかわからないのです。

このエピソードひとつ取ってみても、日本における階級の区別は東洋的専制でもなんでもなくて、むしろデモクラティックでさえあることが分かります。日本では使用人も家族の一員であり、家族の談笑の輪に入ってもおかしくないからです。

商家でも、当主が幼少の頃から成長を見守ってきたような古顔の使用人がいて、その権威には当主さえ遠慮するところがありました。番頭さんを始めとした彼らが、この一家を切り盛りしているから、実際に家政というものが成り立っていたのです。

徳川幕府の機構も、ある意味で「民主的」でした。北町奉行所や南町奉行所には、上級旗本のなかから選ばれて就任したお奉行さんがいる。けれども、各奉行所にはベテラン与力たちがいて、奉行もベテラン与力たちの言いなり。もちろん全部が全部、そうではないでしょうけど、まれに全権を握ろうとする奉行が現れると、たちまち与力たちのサボタージュが始まる。これでは仕事にならないわけです。西洋人は上位の侍が部下たちに非常に気を遣い、接する態度も丁寧である事実に気づいています。トップは飾りで、実権は下が握っているというのは、何も昭和期の軍部の特徴じゃなく、江戸期以来の伝統なのです。

こうした日本における階級差別は希薄であるという観察は、従来の史学が語ってきた身分制の窮屈さ、厳格さがいかに一面的であるか、よく示していると思います。江戸期の社会は、見かけとはちがって、かなり「民主的」な社会だったのです。

公正だった江戸の裁判

江戸期の刑罰に関しても、長崎の出島にあるオランダ商館に常駐した医師たちは、「日本の裁判はきわめて公正である」と評しています。

よく知られているシーボルト初め、彼らは博物学者で、いわば学者ですから、それなりの観察眼を持っています。彼らが口をそろえて言うのが、日本の裁判は公正であるということ。江戸時代の裁判記録を見ると分かりますが、藩主が領内の農民に反抗されて一大騒動にでもなろうものなら、必ず厳罰に処される。幕府の高級官吏が商人と結託して賄賂を受け取ったりしても同様です。医師たちはそういう点を見て、法の下の平等が実際に行われていると感じたのでしょう。

従来の歴史家たちは、江戸期の刑罰がいかに残酷であったかを強調しました。「十両以上の盗みは打首」であることをもってしても、いかに残酷かが分かるというのです。

しかし、実情はかなり異なっている。確かに、「十両以上打首」と法律の文面には記されているけれども、そんなことで打首にしたら、盗まれたほう、つまり訴え出たほうも寝覚めが悪い。実際には、五十両盗まれても百両盗まれても、「九両五分」と届けるように幕府の役人が指導していたのです。役人だって寝覚めをよくしたいですから。

江戸時代というのは、人情が暮らしの隅々にまでゆき渡っていた社会でした。火付け、すなわち放火は重罪ですが、子供が火遊びから火事を起こしたとすると、法律の建前からいうなら、子供であれ処刑しなければならない。しかし実際は大きなお灸をすえられただけで済んだ。呼び出された両親は、てっきり、「亡骸を払い下げるから持って行け」と言われるかと思いきや、子供が泣きながら出てきた。法律の運用には、それほどの幅をもたせた社会だったのです。

ミットフォードというイギリスの外交官は、「内分《ないぶん》」という言葉を紹介して、「日本は内分というものでやっていく国だ」と書いています。日本では建前を前面に押し立てながらも、その裏では現実的な運用をこころがける、というほどの意味でしょう。

同時代人も評価していた幕藩体制

江戸時代を肯定的に捉えたのは外国人ばかりではありません。京都の医師・橘南谿《たちばななんけい》（一七五三―一八〇五）も当時の世相を「泰平の世の中」と賛美し、徳川時代の制度を肯定すべきものとしています。

これは何も幕府のご機嫌をとったわけではない。橘は大旅行家にして『東遊記』『西遊記』と題した紀行をものしており、一流の観察家といっていい人物ですが、この世の中は「四海波静かにして」、「堯舜の世もかくやあらん」と書いている。実際、徳川時代は彼が没するまででも二百年もつづき、その間、いくさもなかったわけですから、彼の言葉は間違っていなかったといえるでしょう。

たとえば井原西鶴の作品には封建制批判が含まれているといわれ、近代の視点から評価しようというのが従来の見方でした。しかし、その西鶴も含めて、江戸時代の文人で体制批判をしている者は誰一人としていない――国文学者の中野三敏さんはそう指摘しているのです。

なかには安藤昌益のような人物も確かにいました。彼は、「直耕」の世の中、つまり、農民を搾取する武士階級がおらず、農民自身が主人公であるような社会をイメージしていました。しかしその著作は生存中に刊行されることはなく、ハーバート・ノーマンの本の題名通り、まさしく『忘れられた思想家』(岩波新書)でした。

総じて徳川の世の中は非常にうまくできたシステムで、それを転覆させようなどという意識は、安藤昌益のような異端の思想家はともかく、幕末になるまでは一般人にも文人にもなかったわけです。

身分制とは「誇り」のシステム

体制に不満を抱く動機のひとつに、身分制のきびしさを挙げることもできるでしょう。

しかし、江戸時代の社会制度を見ると、武士と庶民の間もそんなに隔たってはおりませんでした。

「武士」というのは、範とすべきひとつの鏡です。庶民から見るならば憧れの的なのです。もっとも、武士のなかには庶民にとってお手本になるような輩ばかりでなく、その辺のごろつきと変わらないような御家人だっていました。それでも、理想型としての武士像というものがありました。

一つは倫理観です。武士の倫理は庶民も共有し、真似るべきものでした。一例を挙げると、「武士に二言なし」という言葉があります。これは現代に生きるわれわれも、武士でもなんでもないのに真似て、「男に二言なし」みたいな使い方をするでしょう。江戸の庶民も大いにそれを真似たのです。

尾藤正英（東大名誉教授）という近世の専門家が『江戸時代とはなにか』という本を二十年ほど前に書いて論議を呼びました（今では「岩波現代文庫」に入っています）。社会の秩序というものは、侍にしろ百姓にしろ職人にしろ、各個人がその社会のなかでもつ「役」が集積して出来上がっている。「役」は「職分」といいかえてもいいが、個々人は己の職分に社会的責任を感じており、それがその人にとっての「誇り」の感情なのだ、と。

ですから、身分制とは人間を区別したり差別したりするものではなく、むしろ、「俺はこの職でもって世の中を支えているのだぞ」という「誇り」のシステムだというわけです。私は、この説に同感です。

江戸時代というのはとてもうまくできたシステムであって、幕末、あるいは明治初期に来日した西洋人が書きとめたのも、まさにそういう事実でした。そこに描かれた時代相は、従来の近代史学が否定的に捉えてきた江戸時代像とはかけ離れたものだったのです。

旧来の江戸時代像

従来、江戸時代というのは、遅れた、暗い時代のように描かれてきました。明治維新という革命は、アンシャン・レジーム（旧体制）を否定した上に近代国家を誕生させたわけですから、フランス革命以後、「アンシャン・レジーム」がさんざん悪く描かれたのとちょうど同じように、明治政府公認史観としての皇国史観も、徳川期を暗黒の時代として否定的に捉えていました。

江戸時代を悪く言ったのは歴史家だけではありません。明治十一（一八七八）年に英国から来たイザベラ・バードという女性旅行家は、当時の日本人が「昔（江戸時代）は、お話にもならない酷い時代でした」と口々に語るのを聞いています。ただし、そう語っているのは、お侍出身のお役人です。

さらに昭和期に入ると、マルクス主義史学の立場から、江戸時代の農民は、まったく悲惨そのものの存在として描かれるようになりました。

しかし、外国人の旅行記は、まったくちがった様相を伝えています。まず第一印象として、「こんな幸せで豊かな生活をしている農民はいない」と書いています。家屋は清潔で、畑も田圃も非常によく手入れがされ、まるでガーデンみたいである。おまけに農民たちの表情も、子供たちにいたるまで幸せそのものである。一人の人間だけが書いているのではありません。何人もの人間がそういう印象を述べているわけです。

もちろん、彼らが見たのが天領であるケースが多かったことも考慮すべきでしょう。たとえば初代の駐日総領事を勤めて『大君の都』を著した英国外交官オールコックは、下田の港や伊豆半島などの天領を視察して、農民の豊かさを強調していますが、これら天領は年貢がかなり軽かったので、その見聞も割り引いて読む必要があるでしょう。のちに訪れた佐賀あたりの見聞に、このあたりの百姓は相当生活が苦しいようだと書いています。

農民一揆とは「春闘」

その点について言うならば、トマス・C・スミスというアメリカの経済学者が『徳川時代の年貢』（一九六五年）のなかで、江戸期の農村が存外豊かであったことを検証しています。それによると、江戸期の農業は、技術的な進歩により反収（単位面積当たりの収穫量）は上がっているのにひきかえ、年貢は開幕当初の検地以来、一向に上がっていないというのです。

年貢を上げたければ検地をやり直せばいいのに、それをしなかったのは、百姓に一揆という反抗手段があったからです。そのへんの事情は天領であれ各藩であれ、同じでした。さらに言うなら、初期の検地以後、「隠し田」と呼ばれる新たに拓かれた田畑もあり、そういう田畑には年貢がかからなかった。

こうして、収穫量の上昇と年貢高の据え置きによる差が余剰となり、江戸時代を通じて、それが百姓の側の備蓄として蓄えられていった。スミスはこう論証して、旅行記に述べられているような印象は間違っていないことを裏書きしたのです。

一揆についても、それまでの歴史学では、かなり誤解されていました。江戸時代の一揆は、けっして体制を否定するものではありませんでした。領主がいて、家臣団がいて、その両者を支えるものとして百姓たちがいたわけで、一揆は、この領主体制を根本的にひっくり返そうという種類のものではなかったのです。幕末になって、幕藩体制に対する否定のきざしを見せる一揆も現れますが、江戸時代を通じてみるなら、一揆は今でいう「春闘みたいなもの」、つまり条件闘争だったのです。

条件をめぐる交渉ですから、武装もしていません。竹槍を持ち、旗を掲げていたように言われていますが、実際は、せいぜい腰に鎌《かま》を差すくらいのもの。それも闘いのシンボル的なものでした。現在の日本史学では、ようやくそういうことも研究者によって認められるようになりました。

舞台装置のような家屋

江戸時代の人びとの暮らしぶりは美的ですらありました。たとえば、外国人の眼に映った日本人の家屋には畳が敷かれ、家具がほとんどない。モース博士が、ある上流家庭に招待されて座敷に通されたときのこと。あまりに何もないので、そこは「ＦＯＲ ＳＡＬＥ（ただいま売り出し中）」なのかと思ったとか。室内に無用なものは置かず床の間に一輪挿しがあるだけ。後になって、そんな佇まいが日本の美であるとモースは得心したのです。

美しいだけではありません。畳の上に布団を敷けば寝室になるし、卓袱台を持ち出せば食堂になる。いろんな大道具、小道具を置くことで場面転換のできる舞台空間が、そこに現われる。これが西洋人に受けて「わあ、こいつは芝居だ」と思わせたのです。

さらに、日本人は「ままごと」をやっているようにも見えてくる。陶器の茶碗を見ると、ヨーロッパに持っていけば、とてつもなく高価な「チャイナ」。上流階級でしか使えないそれらの美しい食器を、日本人は屈託なく使って食事をしている。「これは妖精の舞うフェアリーランドだ」「なんて可愛らしい文明なのだ」と思うわけです。

可愛らしいといえば、彼らは「娘たちは可愛らしいのに、どうして男は不細工なのか」とも言っています。だから「ムスメ」という言葉がフランス語にもなりました。

さらにまた、日本は風景も美しい。長崎のオランダ商館にリンネの弟子で植物学者のツュンベリーというスウェーデン人がいました。あるとき彼は、商館長（カピタン）に随行して江戸参府旅行をする。年に一回、後には四年に一回になりますが、江戸に行って将軍に謁見し、貿易を許されていることに礼を述べるわけです。で、その旅の途中、珍しい植物種を見つけて採取しようと思っていたのに、百姓たちが畑を美しく整地し、雑草はすべて抜き取られていた。幕末にやって来たフォーチュンというプラント・ハンターは、「日本のフィールド（畑）はフィールドじゃなくガーデンだ」と言っています。自然も美しいけれど、人工の手が加わってなおいっそう美しい風景になっているのです。

もちろん社会にはダークサイドが必ず存在します。闇のない社会はありえません。彼ら西洋人も、日本に長く滞在するうちに、そういった闇にも気づくのですが、しかし総じていうなら、日本人の生活は面白く、可愛く、美しい。ひとことで言うなら、癒される文明だと感じた。競争社会である十九世紀の西洋、とくに産業革命以後の騒音に満ちた生活に慣れた彼らには、ほっと息のつける社会だったのでしょう。そして私も、そんな彼らと同じ視線で江戸という時代を見たのです。

鏡としての江戸

誤解を生むかもしれませんが、私は自分の本についての書評をあまり気にしません。フォークナーは「批評家とは馬の尻尾にたかるアブにすぎない。だから私は批評を一切読まない」と言い放ちました。正解だと思います。批評家には褒める人もいれば、けなす人もいるけれど、人の口に戸は立てられません。だから気にしないに越したことはない。

自分の書いたものがどの程度のものであるかは、自分がいちばんよく弁えているものです。他人が褒めたからといって本の値打ちが上がるわけでもないし、また、けなされたからといって値打ちが下がるわけでもない。

『逝きし世の面影』の場合、私自身、かなり面白く書けたなとは思っていますが、それほど重要かつ画期的なものを書いたつもりはありません。とくに思想的な掘り下げという点では、大したことはしておらず、「従来の江戸時代のイメージとは相当違っていますよ」と言ったにすぎません。

ただ「前近代の社会は近代の社会とは大いに違う。近代の視点でもって前近代を見ることは間違いである」ということの事例研究にはなっていると思います。

一方で、「日本近代化論」というものがあります。これは、駐日アメリカ大使として赴任したライシャワーらジャパノロジストたちの考え方で、日本の近代化は、すでに江戸時代にその基礎がほとんどつくられていた。読み書き能力においても、経済の市場化の進み具合においても、徳川期の遺産があったから日本は近代化できたのだ、というものでした。この日本近代化論は、「江戸って案外モダンだったんだ」という江戸ブームとあいまって、私の本の出るかなり前からさかんに言われていました。

日本近代化論は、私が書いた本とは似て非なるものです。前者が、「日本の近代は江戸時代に用意されていたものである」と二つの時代の連続性をいうのに対し、私は不連続性を強調しているからです。明治期に日本を訪れ、西洋に日本を紹介したB・H・チェンバレンも、その著『日本事物誌』のなかで「古き日本は滅びた」と言いきっています。私が尊敬する中野三敏さんも、江戸時代は近代とまったく違う世界だからおもしろいのだとおっしゃっていて、私は同感です。

今を生きる人間にとっては、現代文明は所与のものであり、自明なものです。だけど、それとはまったく異なる文明の在り方があるのだよ、それはそれなりにいい文明なのだよ、ということなのです。

二つの文明のあいだに決定的な「優劣」があるわけではない。前の文明が後の文明へと「進歩」したわけでもない。現在の社会システムは、一つの時代性に規定されたシステムであるのに、その中に生きている人間にはその相対性が見えず、それ以外のありようはないように絶対化してしまう。私は江戸時代を賛美するのじゃなくて、それを現代文明を相対化する鏡として用いたいのです。

私は、近現代というものは、だいたい行き着くところまで来たなと考えています。

一九八〇年以降、「いまやポストモダンの時代」だと言われました。「近現代の後に来る時代」ということですが、しかし、正直、私はポストモダンとは、「近現代の後に来る時代」というより近代の「終着点」だと考えていました。生態学や植物学の概念を借りるならば、「クライマックス」です。最初は草原であったものが林になり森になるまでの間には変遷があるのですが、その変遷が極まって停止した状態を「クライマックス」と呼びます。「極相」とも呼ばれます。つまり、ポストモダンはまさに「近代の極相」であり、むしろ「スーパー近代」であると思うのです。

生態学においては、いずれ極相も崩れ去って、森はまた草原に戻るというサイクルに移行するのですが、人間社会の場合はどうか。この袋小路を抜け出す術は果たしてあるのだろうかと考えざるをえないのです。

しかし、少なくとも近現代を相対化してみることはできます。近現代を相対化して、他の時代と比較してみる。近現代を過去という鏡に映しだして眺めるわけです。そのとき、私たちにとって、最も有効な鏡になりうるものは、江戸時代ではないか。あの本に込めたのは、そういう思いだったのです。

5 国家への義理

ナショナリズムからの卒業こそ戦後最大の成果

『逝きし世の面影』という本は、「やはり古き日本は良かったのだ」と、保守的、あるいは右翼的なメンタリティに受けましたが、それはそれで構いません。私の本には確かに「古い日本にはこれこれの良い面がありましたよ」と書かれていて、そのこと自体に間違いはないからです。筆者の意向に反する受け取り方をされた、と文句を言うつもりはありません。

ところが、右翼に歓迎されたとなると左翼の人間が黙っていない。「渡辺は単に『昔は良かった』ということしか言っていないではないか、ナショナリズムを鼓舞するとはけしからん」となります。

しかし、私は昔のほうがよかったとは言っておりません。そんな比較は不可能です。しかも江戸時代の美点はナショナリズムとは何の関係もありません。江戸人はナショナリズムを知りません。それを日本人に教えたのは明治の近代国家です。

私の「ナショナリズム」に対するスタンスをお話しすることにしましょう。

ナショナリズムは、その文脈によって「国家主義」であったり、「国粋主義」であったり、「民族主義」であったりしますが、ここでは厳密な使い分けはしません。この思想には、もちろん歴史的な功績があります。ナショナリズムが歴史の上で果たしたポジティブな役割――たとえば明治維新前後のナショナルな自覚は、列強の餌食になることから日本を救ってくれたと思います。

しかし今となっては、ナショナリズムとは近代国民国家が生み出した病弊でしかありません。

明治期、近代化の原動力となったナショナリズムが、昭和に入って日本を破滅にまで追い込んだわけです。もともとナショナリズムを超えるというのは相当に難しい課題だけれど、イデオロギーとしてのナショナリズムがいったん破綻したことは、すでに明らかです。

膨大なる人命を犠牲にして負けたあの戦争から学ぶことはいくつもあるけれど、イデオロギーとしてのナショナリズムは卒業したというのが、戦後最大の成果だと私は思っています。この一点はしっかりと保持していかなくてはならない。

韓国・中国の遅咲きのナショナリズム

ヨーロッパをお手本にして日本の悪口を言いたい知識人は明治時代から居りましたけれ

ど、戦争に敗けて急増しました。これには問題もありますが、自分の国の批判ができるというのはもともとは良いことです。なぜなら、それはある意味でナショナリズムの超克ですから。自国を批判できるというのは、知性のひとつの条件でもある。書くものがお国びいきにならないことは、知識人として物を言う前提条件でしょう。

いまの韓国や中国のいけないところはそこなのです。韓国ではネット住民を中心に、何でもかんでも自分の国が起源であったり、自分たちが発明したように言っています。ソメイヨシノから歌舞伎、折り紙、果ては寿司やタクアンにいたるまで、ことごとく「韓国製」なんだそうです。中国は中国で、アメリカ大陸を発見したのは中国人であったと主張している人もいる。

国を愛するのは、ごく自然な感情の発露だし、その感情を何らかの行動に移すのも当然のなりゆきです。けれど、こうした知性からは程遠い言論がまかり通るような国は、まだナショナリズムを超えられていないし、世界からは大人扱いをされません。ネット内の言論だけならまだしも、歴史学界までもが自国中心の歴史観を引きずっていては、知識人の名が廃るというものでしょう。

韓国や中国は、ナショナリズムに目覚めるのが遅かったがために、いまだにそれを超えられないでいます。もちろん中国のナショナリズムは一八六〇年代からあって、それが廻り廻って中国共産党を生みました。中国共産党はマルクス主義政党というよりナショナリスト政党です。しかし、それらのナショナリストたちが政権をとり、いわゆる半植民地状態を脱したのは戦後の一九四九年のこと。韓国にしても、日本からの独立を果たしたのは一九四五年。そして今ごろになってますますナショナリズムが高揚してきている。思想的には五十年遅れの、きわめて遅咲きのナショナリズムなのです。

自国批判が知識人の証？

じつは、ここまでは前置きです。

私は自分の国の悪口を言う人間が嫌いです。より正確に言うなら、私が嫌いなのは、それがあたかも知識人としての証であるかのように、良心の証明であるかのように、ただただその目的のために、自国を批判する連中です。

自分の国を批判したがるのは日本人だけではありません。イギリスのインテリ、とくに左翼インテリは自国をこき下ろします。ロシアのインテリゲンチャなどは、十九世紀の初めからヨーロッパに憧れを抱きつづけていて、「ロシアはすべてにおいてヨーロッパに遅れをとっている」というのが口癖になっています。ロシアの思想界は伝統的に二派に分かれ、一方が西欧派。その論敵がスラブ派であり、こちらは西欧派の裏返しで、このあたり、日本の知識人のあり方にそっくりです。

この自国の悪口を言うメンタリティが、じつはコンプレックスの裏返しにすぎないというのが、私はいやなのです。コンプレックスを持つ人間は必ず、自分の憧れている鏡を引き合いに出します。たとえば米国という鏡、英国という鏡。「アメリカやイギリスではこうだけれど、それに引きかえ日本は……」というかたちで議論を展開する。ロシアのインテリゲンチャがヨーロッパを引き合いに出したのも同じメンタリティです。

江戸期にも、中国に憧れる文人は少なくありませんでした。

荻生徂徠は自らを「物徂徠」とも称しました。徂徠にかぎらず、当時の文人の間では、三文字名前で中国人を気取るのが流行だったのです。自国の近隣に先進的な文明を持つ知識人は、えてしてそんなことをしたがるもので、それ自体は咎めることもないけれど、中国を鏡として自国を卑下するようになると、鏡そのものが歪んだものになりかねません。

繰り返しますが、自国の悪口を言うのは知識人の伝統でもあり、それ自体は、自国中心の視点を脱することなので、悪いこととはかぎりません。他国のことをあげつらうには、自国を正当に批判できなければならない。ですから、韓国人にせよ、中国人にせよ、まず自国の悪口を言えるようにならないといけないわけです。しかしながら、もっぱら自国批判によって自分が知識人であることを証明したがるようなメンタリティはいやですね。

たとえば、十二世紀ごろの日本というのは、中国から見たら「馬の産地」ぐらいにしか思われておらず、まだまだ野蛮国であった――こういうことを客観的な事実として書くならいいけれど、得々として嬉しそうに書く。その嬉しい気持ちはどこから来るのか。戦時中の「八紘一宇」「神国日本」「万邦無比」などがトラウマになっていて、その反動なのでしょう。日本を貶めて書くことで、「これが良心の証だ」とするのは、本物の知識人がとるべき態度とは言えません。十二世紀の日本を野蛮視するのが中華意識にもとづく差別意識だという観点がまったく脱《ぬ》けているわけで、逆に日本が他国を野蛮視したりすれば、同じ学者はそういう日本の優越感を批判するでしょう。

徴兵制度と一体だった参政権

そもそも「国家」とはいかなるものでしょうか。といっても、こむずかしい国家論をここで展開したいのではありません。私たちは国家とどう向き合えばいいのか。そこを考えたいのです。

「近代国民国家」という、今の国家形態がヨーロッパに成立するのは十九世紀からですが、その前段階として、「絶対主義国家」と呼ばれるものが登場してきました。

絶対主義を考える場合に肝腎な点は、仮に国家が戦争をする場合でも、それを担うのは職業的軍人であったこと。傭兵といってもいいようなプロの軍人、プロの兵隊です。そのとき国民は基本的に傍観者であって、武器をとってお国のために戦わねばならない理由はありませんでした。イギリスとフランスが戦争をしていても、イギリス人がフランスを自由に旅行することも可能でした。戦争するのは、あくまで国王とその軍隊だったわけです。もちろん、パトリオティズムともいうべき愛国主義的な感情は個々の国民も持ったでしょうけど、自分たちが国を守らなくては、といった意識はありませんでした。

これが近代国民国家になると、国民一人ひとりが国を守るために命を捨てねばならないことになります。フランス革命での革命軍や、そのあとのナポレオンの軍隊がそれで、いざという場合には、フランスのために自分の命を捧げねばならないという意識が出てくる。この意識によって国民は国家に統合されていきました。

こういう戦争形態は、それまでの人類史には見られなかったものです。

たしかに古代ギリシャの都市国家《ポリス》なども、自分の属するポリス共同体のために「重装歩兵」が戦いに参加しました。マックス・ウェーバーが強調していることですが、この重装歩兵というのは、盾と槍を持って鎧を着込んだ一般市民でした。アテネにしても、スパルタにしても、テーベにしても、ペルシアの侵略軍を撃退したのは、この一般市民たちの軍隊だったのです。

しかし、古代ギリシャのこの形態は例外と考えたほうがいい。市民が戦うという伝統は辛うじて初期ローマまでで、その後絶えてなくなり、十九世紀になるまで現れなかったからです。そもそも古代ギリシャというのは、マルクスの言葉を借りれば「人類史上の奇妙な天才児」と呼べるような存在です。デモクラシーもそうだし、文学や彫刻などの美術の面においてもそう。「歴史に現れた早熟の天才児」と考えたほうがいい。

フランス革命の旗印は「自由・平等・友愛」です。国民すべてが平等であるためには、政治の上で平等の権利を持つ必要がある。つまり国政参加の権利を持つ。しかし、権利のあるところには必ず義務が伴います。「一旦緩急あれば義勇公に奉じ」（教育勅語）ということになるわけで、いざ戦争になれば、兵士として国のために戦う。これが近代国民国家の原点です。

もっとも、以上は形式上の話であって、戦いの義務は生じたけれども選挙権はなかなか獲得できなかった、というのが実際のところです。日本の場合、男子の普通選挙権が実現したのは大正十四（一九二五）年。婦人参政権にいたっては第二次大戦が終わってからのこと。明治維新から数えて八十年近くもたってからのことでした。

日本だけではありません。あの議会政治の手本とされるイギリスにしても、婦人参政権が実現するのは、第一次大戦後の一九二八年。フランスも日本と同じく一九四五年でした。

世界経済システムと近代国家

こうした国民国家の創設には、戦争形態の変化とともに、世界経済の成立ということが大いに関係しています。

それぞれの近代国民国家とは、近代世界システムという、より上位のシステムの構成単位だ、とウォーラーステインは言っています。

地球上にはいろんな種族が住んでいるけれども、基本的にはそれぞれ孤立して存在している。付き合うといってもごく近隣の種族と付き合うだけで、それが戦争であったりすることも少なくない。そんなバラバラの地球をひとつにまとめるシステムには二つあって、その一つは世界帝国。といっても、これまでの歴史で世界全体はおろか、全ヨーロッパ、全アジアを統一した帝国はなく、ローマにしても、明・清にしても、アラブ帝国にしても、その野望はあえなくついえました。コストがかかりすぎたからです。

それに代わるものとして出現したのが、国民国家を単位とする「インターステイト・システム（諸国家間システム）」です。これによって、資本主義の進展とともに世界中に張りめぐらされた貿易と外交の網の目によって、地球がひとつにつなぎ合わされたわけで、こちらのほうは、世界市場という形で統一を見たと言っていいでしょう。

ですから、人類の歴史とはグローバリズム進展の歴史ともいえます。グローバリズムは何も今に始まったことではなく、十六世紀の大航海時代がその始まりでしょう。

ウォーラーステインによれば、資本主義は、マルクス主義者が言うように近代的工場制でもって成立したのではなく、プロレタリアート（工場労働者）が出現するはるか以前、奴隷労働者の労働力を使ったプランテーション経済として始まりました。海外に植民地を求めて船を繰りだしたヨーロッパ諸国が、インド洋地域の経済を飲み込み、東・南シナ海地域の経済を飲み込み、というふうに拡大していった。今日の世界経済システムの基礎がかたちづくられたのは、この大航海時代です。

その基本単位となったのが絶対主義国家。これが次の時代には近代国民国家と変わっていったのです。

経済が世界全体を覆い尽す時代

国民国家という観念は、戦争と結びついていました。隣国と紛争になったり、他国の侵略を受けたり、あるいはもっと版図を広げたいと考えたときには、外交交渉から戦争状態に移行する。ご承知の通り、クラウゼヴィッツは「戦争は政治の継続手段である」と言っています。

外交と軍事が幅を利かせた時代は、第一次大戦のころまでつづきます。そのころの国民の関心は、世界政治における自国の地位、あるいは名誉や自尊心でした。

ところが、強国同士の総力戦のような戦争は第二次世界大戦で終わりを告げる一方で、「社会の経済化」が窮極の形をとるようになります。これは「世界の経済化」でもあって、経済が世界全体を隅々まで覆ってしまう時代が到来したわけです。一言で言えば、GDPの成長が国家の最大目標になる時代。しかし、こんなことは人類始まって以来のことなのです。

この変化が決定的になったのは、やはり第二次大戦後でしょう。資本主義は高度消費文明化し、それが世界全体を覆い尽していった。そして、経済というものの重みがますます増していって、今日にいたっているわけです。

私たちの若いころは、GNPやGDPといった観念などありませんでした。少なくとも経済の専門家でもない一般国民は、そんな単語は聞いたことがありません。おまけに、株価がどうのなんて考えなかった。あの人は株に手を出して財産をすってしまったとか、そういう悲劇は耳にしても、われわれの家庭にはまったく関係のないことだったのです。

それが今ではニュースのたびに株価と円相場が出てくるようになった。株を持たない人でも、それに一喜一憂してしまう時代です。「アベノミクス」はその象徴でしょう。つまり、世界の経済化と社会の経済化が同時進行し、個人の日常生活にまで世界経済の波が押し寄せてきたわけです。

個人にとっての日々の関心は、家計収入がいくらになるか、自営業者であれば店の売上高がいくらになるかにある。ところが、個人や個別企業の努力以上に、自国の経済状況が、それを大きく左右していて、その度合いがますます高まっています。早い話が、日常生活が景気の良し悪しにかかっているわけです。

さらに自国の経済状況や景気動向は、これまた、これまで以上に世界経済に連動しています。インターステイト・システムのなかのひとつの単位としての日本が、今、どういう経済的ポジションを占めているかが重要になってくる。つまり、一人ひとりの日本人の生活が、日本の経済的な地位を通して、世界経済そのものと相対しているのです。

自国の経済的な地位とは、具体的にはこういうことでしょう。一時は日本が電子機器部門で世界のトップにいたのが韓国のサムスンに抜かれ、今やかなりの差をつけられたとか、ついこの前までは青息吐息であった自動車業界が円安のおかげで元の勢いを取り戻したとか、そういう熾烈な競争の話です。

反国家主義はもはや成立しない

ですから、ぼやぼやしていると、世界経済における有利なポジションなど、あっという間に失ってしまう。さらに大事なのは、この経済の時代において、経済だけを考えていればいいのではなく、政治や軍事も経済に密に連関していることです。そうなると、当然、政治や軍事の動向までもが、国民一人ひとりの経済生活と密接に関わってくることになります。

一世紀も前なら、「戦争は資本家が起こしているのだから、俺たち国民は関係ない」などと言われたものです。しかし、なかなかそうはいかないのは、第一次大戦で第二インターナショナルの反戦主義が崩壊したことでも明らかでしょう。『チボー家の人々』でマルタン・デュ・ガールが書いていますが、それまで「反戦、反戦」と言っていたのが、いざ戦争が始まると、労働者階級も、社会主義政党も、愛国主義に一転してしまう。

しかし、いまや国家の地位が国民一人ひとりの所得にまで影響してくる段階となっては、そうした反国家主義はそもそも成立しません。「俺の所得なんてどうでもいい、だから国のやることにはあくまで反対する」などとは、ふつうは言えないからです。

こういった状況、世界中の国がＧＤＰの上昇を求めて互いに競い合う状況がいいとは私も思いません。ウォーラーステインの言う「インターステイト・システム」が人類にとって最良のシステムだとも考えていません。しかしそれは、われわれに与えられた現実なのです。

「反戦」はどこまで通用するか？

反戦を主張したり、反戦運動に参加したりするのは、戦争が始まるまでは悪いことではありません。自国が道を誤まりそうなとき、それをただすのも国民の務めです。

しかし、いざ戦争になれば、敗勢に追い込まれて敵軍が侵攻して来たりすることもある。そこで反戦を唱えていた人も、否が応でも岐路に立たされます。自分も含めて同胞が悲惨な目に遭うこともあれば、ゲリラ兵として戦う必要のある場面も出てくる。果たしてそれでも反戦の立場をとりうるのか。

フランス人がナチズムに抵抗してレジスタンス運動を繰り広げているとき、同じフランス人が「それでも俺は戦争が大嫌いだ、レジスタンスなんてやらないよ」と言えば、そこには倫理的な疑義が生じてくるでしょう。

人間は一人で生きていくことはできません。必ず社会のなかで成長し、生きていくものだからです。その人が言葉を覚えて、それを運用していくことができるようになるのも、周りに仲間がいるからであり、自分一人で育ったら、言葉も覚えられないし、使えるようにもならない。ということは、「人間」になれないということです。

人間とは、言葉を話す動物です。言葉を話すことが、自分が人間であることの内実を形づくっている。その言葉を自分に与えてくれたのは、自分の仲間たちです。

仲間というのは、同心円状に自分の周りに存在します。いちばん近い輪のなかに家族、その外側に親しい友、さらにその外に隣近所の人、会社の同僚、同窓生……こうしてずっと広がっていく。そういう人間たちとともに、自分は生きている。

そして、善し悪しは別にして、同心円の最後に行き着くのは、国民国家という集団です。たとえば一人の文学者をとってみても、詩を書いたり、小説やエッセイを日本語で書いているのは、自分が日本語を使っていて、同じ日本語を使う仲間がいるからです。しかも、その仲間は、空間的な広がりだけでなく、時間的な広がりも持っています。つまり、日本語が使われてきた伝統があります。

言葉だけではありません。ユングやフロイトみたいな話になりますが、自分というものは、個性として表現されるような、自分にだけしかない部分と、それ以外の部分とで構成されている。後者は、もっと大きな根っこに属しています。たとえば、同じ桜の花を見ても、それによって喚起される感情とかイメージは、日本人とアメリカ人とでは異なるはずです。自分を取り巻くそういう森羅万象への感性は、自分一人に属しているのではなく、長い歴史的伝統のなかで培われてきたものなのです。

正義とは仲間に対する原初的感情

しかし、人は、集団に対して常に両義的な関係にあります。集団から離れて個になりたい自分がいる一方で、集団との絆を保っていたい自分がいる。たとえば食事のとき、一人こっそり食べたいこともあれば、みんなと一緒に食べたいこともある。昔の小学校では、昼になると弁当を隠すようにして食べる女子生徒がいたけれど、ああいうのは、ひょっとして動物的な本能の現われではないか。動物が獲物を隠れて食べるように、他の生き物に取られたくない本能だという気がします。

群れを離れたい気持ちがあると同時に自分を育ててくれた群れに属していたいという気持ちもある。これが人間の両義性なのです。先ほど述べたように、自分はレジスタンス運動に参加すべきかどうかと迷うのも、土壇場で集団との絆を裏切るべきかどうかの逡巡として考えられるでしょう。

仲間を突き放して自分だけ集団を離れることに対して、理屈以前に抵抗を感じるのが、人間にとっての正義だろうと私は思います。正義というのは、厳めしい理屈というより、もっと原初的な感覚だと思うのです。

戦争だけでなく、地震や津波が襲ってきたり、火事に出遭ったりしたとき、自分一人だけ逃げるのか、それとも仲間を救おうとするのか。そういう危機に際しては、仲間を見捨てて逃げることもなかなかできるものではない。この感情こそ真実であり、正義だと思う。

仲間というのは、家族に始まって同心円状に広がっているわけですが、その広がりが最後に行き着くところの国民国家という枠組みのなかでわれわれは生きています。ですから、土壇場ではその仲間たちと運命を共にする。これが最低限の倫理になってくる。

そこでは、反国家主義というものは成り立ちようがありません。なかには、「私たちの暮らしている社会はいいけれど、国のやることは気に入らない」という人間もいる。国家と社会とを分離して、社会に対しては義務を感じるが、国家に対しては感じないという人間もいる。しかし、そうした区別は虚構でしかありません。というのも、国家と社会というのは、同じものの盾の両面にすぎないからです。

国家というのは統治組織であり、社会の統合の様式です。そういうものを欠いた社会というものはありえない。それがごく小さなサークルであれば、みんな思い思いに行動してもいいし、かえってそのほうが個性も発揮できる場合だってあるでしょう。しかし、そういう小さな組織が統合されて大きくなれば、そこには自ずからシステムを設けなければいけない。その統合のシステムが国家にほかならないわけです。

忌避でもなく、過剰なコミットでもなく

先に、人間は集団に対して両義性を持っていると言いました。集団から離れたい気持ちと離れたくない気持ちがあるのは自然なことです。むしろ、集団から個を守ることも大切です。

集団のなかで自分は異端だ、異分子だという感覚を持つことも、よくあることです。「葬式なんて社会的な儀礼にすぎないから、私は行かない」とか、「君が代とか国旗に頭を下げる気は毛頭ない」とかの態度は、べつに悪いことではない。それも個を守るためのひとつの生き方ですから。

誰しも集団に対してなじめない感覚は持っているけれど、個々の人間でその強弱の度合いがちがうだけです。だとすると、社会に対しては両様の気持ちを持っているのに、国家に対してだけは反発する感情しかないというのも不自然な話でしょう。

断っておきますが、「国家に楯突くのはよしなさい」と申し上げているのではありません。国家というものは、いくら反国家主義を気取ってみても、抗いようのない一面をもっていると言いたいのです。

自分を形づくっている二つのもの、一つはシンクロニックな集団としての国民、もう一つはダイアクロニックな伝統。この二つの広がりを意識し、いざというときには、それらと運命を共にする。それが自分の意に染まないことであっても、ぎりぎりの場面においては覚悟を決める。それが国家と向き合う人間としての心の持ち方だと私は考えます。

それ以上は必要ないでしょう。国家に過剰に思い入れをして、「日本国家の行方はどうなるんだ」とか、「日本はいまや一流国ではなく二流国家だ」などと嘆く必要はない。あるいは国威発揚に血道をあげる必要もない。オリンピックでメダルの数が少ないからといって躍起になることもありません。日本が金メダルを獲ったら、ほかの国は獲れないのです。それは獲れたらうれしいけれど、獲れなくてもどうということもありません。

簡単な話です。集団に対する二つの思いの兼ね合いをいかにすべきか。それだけがわれわれに与えられた課題なのです。

大家への義理

しかし、この二つの兼ね合いこそが難しいとも言えます。

第一次大戦勃発時、ロマン・ロランは、スイスにとどまって、反戦を唱えました。他方、詩人で哲学者のシャルル・ペギーは出征し、開戦の一カ月後にドイツ軍と戦ってまっさきに戦死してしまう。

この二人の行動に黒白をつけることはできません。ペギーに感動するけれど、だからといってロマン・ロランが裏切り者だとも思わない。彼にしても、高みの見物を決め込んでいたわけではなく、自国の国民に恨まれても、懸命に国際社会に戦争の阻止を訴えている。ロマン・ロランが反戦を唱えたのは、「フランスはどうなってもいい、ドイツに侵略されてもいい、そんなことより自分の命が大事」という理由からではありません。そうではなく、一人のフランス人として、「フランスは戦争という選択をすべきではない」と考えたのです。フランスだけでなく、すべての交戦国に武器を捨てよと要求したのです。もちろん、「では、いったんドイツ軍に攻め込まれたらどうするのか」ということは問題にはなるでしょう。しかし、いずれにせよ、たとえば絶対的に反戦を唱える場合も、やはり自分の属する国民共同体に対するロイヤルティを持った上であってほしい。それがあればいいと思う。

日本の進歩的なインテリのなかには、「それでは仲間を裏切ることにならないか」という悩みをまったく感じないで、自分の国を軽蔑し、憎むことが、かえって自分の良心の証であるかのように、自分の知性の高さであるかのように誇る連中がいます。私はそういう人間になりたくない。

といっても、ふだんから自分の属する国家に過剰にコミットする必要もありません。国家は強大ですから、知らず知らずのうちに、われわれの日常生活に干渉してきます。それになるべく左右されずに、依存もせず、むしろ小さくともふさわしい場に、自分の仲間と居場所を見つける努力を重ねた方が、豊かで楽しい人生につながっていくでしょう。

しかし、だからと言って、「国家のことは俺は知らないよ」と言うことはできません。国民国家のなかにわれわれは仮住まいをしているのであって、いざというときには、「大家」に対する義理を果たさなければならないからです。

故郷としての日本語

「大家への義理」と言いましたが、日本語というものに対しては、より積極的な愛着を感じています。異邦人でもある私が、それでもやはり日本というものと根底でつながっているのは、幼少期から日本語の文章によって育てられてきたからです。日本語の文章こそ、私の故郷と言えます。

これまで蓄積されてきた日本語の学問や文学。これによって私は育てられてきました。そこには西洋文学も含まれます。なぜかというと、翻訳本で、つまり日本語で読んできたからです。

日本には豊穣な翻訳文化があります。われわれが欧米の文学に親しむことができたのは、立派な日本文になった翻訳があったからです。日本ほど、あらゆる地域の文献を翻訳している国はありません。文学から哲学や科学まで、膨大な領域をカバーしている。これがドイツなら、ドイツ語に訳されている英文学作品はかなりの数に上るでしょうけど、それでも重要な欠落がある。フランスもまた然り。しかし、日本では、こと文学に関してはかなり網羅的に訳しているのです。

大連時代、私はだいぶ本を集めました。岩波文庫に新潮文庫。戦前の新潮文庫は、黄色っぽい表紙に南蛮船が描いてあった。それから改造文庫に春陽堂文庫。戦前の文庫といえばそんなものでした。それから『世界文学全集』『日本文学全集』のたぐいもかなり蒐集したのですが、引揚げのときにほとんど手放してしまいました。日本に持って帰れないので売り払ったのです。人づてに聞いて、あるビルの一室に本を持って行くと、朝鮮人が事務所を構えていて買い取ってくれた。「坊っちゃん、いい本を持ってますね」と褒められました。ですから、私の本は日本から独立した朝鮮人たちの手に渡ったはずです。日本の支配下にあった時代は、朝鮮の人たち、とくに知識層は、みな日本語ができましたから。

豊かな翻訳文化も含めて、先達たちが苦労してつくりあげてくれた日本語の伝統に私は恩義を感じています。

日本語の衰退？

しかし、残念なのは、今日、日本語があまりに貧しくなっているように思えることです。時代や若者の悪口を言いたくなるのは、こちらが歳をとったから、つまり単なる生理現象なのかもしれません。

しかし、言葉に対する感覚レベルは、やはり落ちている。語彙も少なくなっている。とくに若い人は極端にボキャブラリーが不足していて、そのぶん、「めちゃ」何々とか、「自分的には」とか、変な日本語ばかり。あれでは語彙を最小限に抑えたエスペラント語みたいです。

さらには、学者ですら基本的な文章が書けなくなっている。たとえば「てにをは」が適切に使えない、熟語を誤用する。日本でも権威のある老舗の某出版社が刊行する新書のなかで東大の某先生が、「Aという現象とBという現象を等閑視する」と書いていました。ここはどう考えても、「同一視する」の意味で「等閑視」を使っているとしか思えない。ということは、「等閑」とは音で読むと「トウカン」だが、訓では「なおざり」と読むのだということを知らないわけです。つまり「等閑」の意味を知らぬ東大の先生が出現したのです。一体〝AとBをなおざりに見る〟というのは、どういう意味か。しかも、それを編集者が見過ごしている。

こうした文章の基本はともかく、話の持っていき方が下手だから論旨がわかりにくい本も少なくありません。だから通読するのに往生する。おまけに「AはBであり、BはCである、よって、AはCである」という滑稽な書き方をする。ご当人はこれで論旨明確な文章にしたつもりだろうけど、数学の証明じゃあるまいし、まったく興ざめです。

戦前の学者は漢文の素養があるから、文章にはメリハリが利いているし、リズムもある。とくに一流の学者になると文章家が多かった。とりわけ話の持っていき方がうまい。だから読むほうもひきこまれるし、文章を味わう愉しみがありました。戦前は、漢文も旧制中学のあいだにさんざん叩きこまれました。小学校でも四年生で文語文を習う。

私の場合、戦争中で漢文の授業は旧制中学の一年生までしか受けられませんでした。二年生からは戦争に勝つための科学教育、つまり数学、物理、化学が中心で、それと英語。英語は敵を研究するため、知っておかねばならんというのです。ほかの科目は音楽も美術も、漢文や歴史も廃止。もう少し漢文をやっておけば、もう少しましな文章が書けたろうにと悔やまれます。

こうした表現力の劣化、幼稚化をいかにして食い止めるか。それが、今後の課題となるでしょう。なぜなら、人間というのは言葉の動物ですから。言葉の能力が落ちると、日本語の文化も、個人の人生も貧しくなってしまうからです。

6

無名のままに生きたい

「世界」は二つある――コスモスとワールド

私はいま、熊本に居を定めています。とくに気に入っているわけではないものの、気に入らないでもない。強いていえば、阿蘇のたたずまいが好きなのかもしれません。熊本とはなぜか縁が深く、これまでの人生の大半をこの地で暮らしてきました。

まだ物心もつかないとき京都から熊本に引越し、大陸から引揚げてきて熊本の親族を頼り、その後東京暮らしもしたことがあるけれど、食いつめてまた熊本に舞い戻ってきました。その間、この地で文学運動みたいなことをやり、雑誌を出したりつぶしたりするうちに、この地に仲間ができたということもあるのでしょう。

ただ、これだけ長く生活しているのに、意識としては「熊本で育った」という感覚はありません。もし、育ててくれた土地はと訊かれたら「大連」と答えるでしょう。東京にいても熊本にいても、私は「異邦人」なのです。

そんな私ですが、どこの土地にこの身があろうと、私は「いつも世界の中心にいる」と思っています。

私にとって、「世界」というのは二つあります。

一つは地理的に成り立っている世界、いわば「地理学的な世界」です。そこにはロンドンとかニューヨークとかパリとか、そういう先進的な都会があり、日本でいえば東京、横浜、京都、大阪といった都会があって、それ以外はすべて「田舎」ということになるでしょう。田舎といって悪ければ「地方」です。

もう一つの世界は「自分を取り巻く世界」です。「自分中心の世界」といってもいい。つまり、都市であれ、村落であれ、太陽や星や月や、山や森や川に取り巻かれ、風が吹き、雨が降り、住む所を同じくする人びとと交わる世界です。

ふつう、人はこの二つの「世界」を持っているものなのに、たとえば石牟礼道子さんには、「自分中心の世界」しか見えていない。彼女は四十代までイギリスが島国だということを知らなかったのです。

ほかにも驚いたことがあります。石牟礼さんが一九七三年に「アジアのノーベル賞」とも呼ばれるマグサイサイ賞を受賞し、賞を受け取りにマニラに行ったときのこと。彼女がマニラ湾を真珠湾と思いちがいをしていたことが判明しました。おそらく戦争のときの記憶で、日本軍はマニラも占領したし、パール・ハーバーも爆撃したからでしょう。付き添っていた人が彼女の思い違いを訂正しなかったら、妙なスピーチをして国際的スキャンダルになったかもしれない——そういってみんなで笑ったことがあります。

しかし人間にとって大切なのは「自分中心の世界」、つまりコスモスとしての世界です。いわゆる国際情勢とか世界地理は、情報として与えられるもので、それをワールドといってみましょう。われわれがふつう体験するのはコスモスであってワールドではありません。「自分はいつも世界の中心にいる」というのは、△△村に住んでいて、その△△村だけが自分の知っている世界である、というのとはちがいます。この地球上のどこに住んでいようが、どんな片田舎に暮らそうが、そこに照る太陽は同じだということなのです。

そういう「自分だけのコスモス」は、一人ひとりの人間が持っています。そこには「中心」も「地方」もない。一人ひとりを取り巻くコスモスと向かい合っている点では、都会の人間も地方の人間も、まったく変わりがないのです。

「地方」とは何か

どこにいようと本は読めます。知の世界は、いつでもどこでも、われわれのまわりに存在します。それに、昨今はインターネットという利器もあって、私のように、ネット書店で書物を取り寄せることも可能です。だから、地方にいて知的ディスアドバンテージを感じたことは、一度もありません。

そもそも「地方」とはどういう存在なのでしょうか。

たとえば人里離れたところに行って長距離バスに揺られるとしましょう。そのバスが山間の谷を通り、そこを抜けると、ポツンと家が一軒見えたりする。そうすると、なんとなく胸のうちに霞がかかったような気持ちになることがあります。あそこに暮らしている人間は、一体どういう気持ちで暮らしているのかな……。

この世界には、まだまだ隠されているものがある。「地方」というのは、その隠されたものが存在する場所だという気がします。考えてみたら、東京に住んでいる人でも、東京にはこんなところがまだあったのか、と思うことがあるはずです。それも似たようなものでしょう。

この世界というのは多元的、多重的にできている。隠されたものがたくさんある世界、自分の知らないことが残された世界。じつは、それを象徴するのが「地方」という言葉ではないか。

ところが、このごろの「地方」は、どこへ行っても同じ顔をしています。同じだから行かなくても分かる。商店街はシャッターの閉まった店が軒をつらねていて、少し郊外に行くと大きな駐車場付きのショッピングモールがあって、休日ともなれば家族連れで買い物、というよりは暇をつぶしにやって来る。しかもそこにある店は、全国どこに行っても変わり映えのしないチェーン店ばかり……。

江戸時代には、藩ごとに、城の周りに特色のある町並みが見られました。独特な地方文化が栄え、その地方の「色」というものがありました。そうした地方色は、ついこの前までは残っていたはずなのに、いつごろを境に日本のそこかしこから消えてしまったのか。

この地方的特色というのは、つくろうと思ってつくれるものではありません。いつの間にか自然に残るもの、というか、そこに住む人びとが日々つくりだすものなのです。コマーシャリズムや消費文化のなかで画一化されてしまった地方が、以前のような特色をとり戻すには、どうすればいいのか。

とはいえ、私は、「村おこし」とか「町おこし」という言葉はどうも好きになれません。この言葉には、全国的な消費文化のなかの一環に取り入れてもらいたい、という魂胆が透けて見えるからです。そうではなくて、日々そこに暮らし、流行に左右されない自分たちの感覚を自然体で生かしてゆく。そうすれば、地域の特色というのも、おのずと形づくられるものでしょう。そのためには、生物学でいう「ニッチ」——生態的地位は、たくさんあるほうがいい。分かりやすく言うなら、その地方が生きていくための食い扶持は、多種多様なほうがいいということです。

「村おこし」とか「町おこし」というのは、この食い扶持を画一化、単純化してしまう恐れがあります。そうなると、結局は、特定企業が力をもち、その会社に就職しないと生きがいがない、なんてことにもなりかねません。ニッチの単純化や画一化は避けるべきです。

江戸時代の町には、「らうやー、らうやー」と呼ばわる声が町に響いたといいます。煙管《きせる》の管をすげ替える「羅宇屋《らうや》」という商売が、掛け声をかけて町をめぐっていました。こうして煙管のすげ替えだけで飯が食えたというのは、江戸期の社会に多彩なニッチがあったということです。そして現代でも、その地方の特色を生かして多彩なニッチをつくり出していけばいいわけです。それが一人ひとりの幸せにつながっていく。

仕事を自分のものにする

人は誰でも幸福を追い求めます。しかしそのためには、辛抱もしなければならない。

昔の人間は丁稚奉公に行って、泣きたくなる思いをしながら一人前の商人になり、職人になった。それは今の時代にも当てはまることで、やはり辛抱はしなければいけない。でも、いくら辛抱してもどうにも耐えられない、この仕事は向いていない、ということはあるでしょう。自分が生きていくには、やはりどこかに自分の納得するものがなければいけません。

自分に納得のできる仕事――これが難物であることは百も承知です。しかし、部屋に寝転がって文句を言っていても仕方がない。それをわがものにするには、奮闘努力して、苦境を乗り越えなければいけません。精一杯の頑張りと、自分なりの工夫です。

工夫にはいろんなことが考えられるでしょう。ニッチ探しもそうだし、嫌な仕事であってもそのなかに、何か納得できるもの、誇りうるものを探していく。そういう努力と工夫をつづけるうちに、他人の指示にしたがって嫌々働くのでなく、自分が自分の仕事の主人になることができる。そうすれば、現代の、すでに出来上がってしまった高度消費社会とか管理社会といわれる世の中にあっても、自分を確保していく道がおのずと出てくるはずです。それが、坂口恭平さんが言う「独立国家をつくる」ということにほかなりません。

自分の職業というのは、人間がこの世で生きるうえでの仮の姿です。仮の姿ではあるけれども、その仮の姿が、終生自分に納得のできないつまらないものならば、幸せとはいえない。私の場合は、たまたま文章を書くという仕事が、すぐにではなかったものの少しずつ生活の糧となってきました。こういうふうに、自分の好きな仕事で食べていけることほど幸せなことはありません。しかし、そういう仕事に就けなかったからといって、一生幸せになれないというわけでもないのです。

一つには、転職という手があります。ただ、「ア・ローリング・ストーン・ギャザーズ・ノー・モス」と言われるように、転がる石には苔がつかないおそれはあります。余談だけれど、近ごろはこの英語の諺を聞かせたら、いい意味にとるらしい。すなわち、「どんどん転職していけばヘンな垢がつかない」と解釈する。本当の意味は「職業を転々としていたら人間としてものにならない」なのですが。

ともあれ、転職するにも限度はあるけれど、自分が何をやりたいのか、何が向いているのかが分かったら、一人前になるまで辛抱してやればいい。それが自分の愛する人と子供を養うことにもつながるし、そのなかで友だちもできてくるからです。

もう一つは、出世など、自分から求めるものではない、ということ。すべての不幸は、出世しようと思うところから始まるといってもいい。

たとえば文筆業を選ぶとします。その場合、己の文名を世間に売ってやろうと思うから不幸になるのです。会社に就職しても、出世の階段をのぼろうとするから、人を押しのけたり、一方の派閥に与したりして、嫌な思いをすることになるのです。

だいたい部長になるのとヒラのままでいるのと、給料にどれほどの違いがあるというのか。大したことはないでしょう。それよりも、組織に身を置く置かないにかかわらず、清潔な生き方を目指したほうがよほどいい。自分の心がけ次第で、なによりも心の安定が得られるし、澄んだ気持ちで生きてゆける。

もちろん、出世を望まず、清潔な生き方を選んだとしても、それで幸せが百パーセント保証されるわけではありません。人生、いろんな不運に見舞われるもの。人間の欲望にはきりがないから、さまざまな落とし穴が待ち受けています。どんなに金儲けをしても若くしてガンで死ぬこともあれば、愛する人を不慮の事故で失うことだってある。しかしながら、運も不運もひっくるめて、それが自分で選んで歩んできた道ならば、それこそが納得のゆく人生というものでしょう。

自分の意に逆らって上役にへつらったとか、自分の出世のために親友を踏み台にしたとか、自分の意に背くことは最小限にとどめる。自分が自分の人生の主人でありつづけるには、自分で自分を裏切らず、裏切ったとしてもそれをなるべく少なくすることが大切です。

家族とは何か

人が生きていくうえで何が大事か。どんな異性に出会ったか、どんな友に出会ったか、どんな仲間とメシを食ってきたか、これに尽くされると私は思います。

私は男ですから、どんな女性と出会ってどんな愛情関係を結び、どんな子供を生んでどんな家族をつくるか、これが私の人生の大部分を形づくってきました。

いい男女関係が結べれば、そこで子供が生まれてできる家族も、そんなに悪いものとはならないはずです。

もっとも、子供や家族にあまりに期待をかけすぎると碌なことになりません。うちの息子は是が非でも東大に行かせたいとか、三歳からピアノを習わせてピアニストにしたいとか、歌とダンスをやらせてアイドルにしたいとか。そういうのは不幸の種を蒔くことにしかならない。

子供というのは、自分の思うようになるものではありません。それと、完璧な家族など存在しません。口には出さないだけで、誰でも家庭内に何らかのトラブルや葛藤を抱えているものですから。

そんななかでも何とかやっていけるのであれば、それでもう十分。「幸せな家族」と言えるでしょう。

私は、水俣闘争に加わってからは数年間家庭を放擲してしまいました。熊本と水俣を行ったり来たり。そうかと思えば、いつの間にか東京に行って警察署のお世話になっていたり。女房にすればたまらなかったろうと思います。

まだ大学へ行っていたころの長女の友だちに、フランス人のミュリエールという女性がいました。あるとき、遊びに来ていた彼女が長女に、「あなたの家族は聖家族よ」と言うのです。ラファエロが描く聖家族みたいだ、と。ええーっと驚きましたが、外からはそうも見えたのでしょうか。

二番目の娘は高校のとき、学校に行けなくなりました。登校拒否になった友だちに同情して、自分も行けなくなったのです。そのとき、彼女が私に紙に書いてよこしました。今でも忘れられません。

「私は小さいときから、自分のお父さん、お母さんほどいい両親はいないと思ってきた。もしも死んでも、天国で一緒になれると思っていた」

俺は一家を貧乏させているし、子供の面倒はみないし、家のことは放ったらかしにしている。なのに、子供はそんなふうに思ってくれていたのかと、この時ばかりはしんとした気持ちになりました。

何も自分の家族を自慢したいのではありません。私みたいな、かなりいいかげんな父親でも、何とかやっていける家族であったということが言いたかったのです。むろん、私は別として、妻と子どもがえらかったのです。

友とは何か

古来、「君子の交わりは淡きこと水の如し」という言葉があります。この言葉には、何か物足りない思いを感じなくもありません。親友というものは、そんなに淡々とした存在ではないだろう。友情というのは、もっと情熱的なもので、絶対的なもので、そうであるからこそ親友を持つ甲斐もあるのだ、と。

けれども、いま自分の半生をふりかえって、この言葉には、やはりそれなりの深みがあるように思えてきます。

お互いに人間であることの限界を考えれば、考え方がいまは同じでも、いずれちがったものになるかもしれない。とくに思想面でちがえば、どんなに相手がいい人間で好きだと思っても、うまくいかなくなるものです。

若いうちは「一蓮托生」みたいな同志というのを求めがちです。しかし、それぞれやはりちがった人生を歩むわけだから、いつ敵に変わるかもしれない。小さい頃からずっと友だちだと思っていた相手と、何かの拍子で仲たがいすることもある。

要するに、二人の間の友情も、あくまでも条件つきのもの。絶対的なものはありえません。友人には、絶対を求めてはいけない。最初はいいなと思っても、こんな人だったのかということがお互いにあるからです。

しかし、「やっぱりこいつのことが自分は好きだ」とか、「本当にいいやつだ」と思える人もいて、そういう人との関係を疎かにするのも、義理を欠く振る舞いでしょう。けれどもそのとき大事なのは、自分の思い込みを相手に託さないことです。

先の諺も、友情に過大な思い込みをしないほうがいい、ということをわれわれに諭しているのでしょう。

私にはいま、昔からの友人や仕事がらみの友人がいますが、彼らとはまたちがった付き合いをしている人たちもいます。たとえば、ときどきふらっと立ち寄る喫茶店の店主。五十年も前から一人で切り盛りしている店で、昔は足しげく通ったけれど近頃はたまにしか行きません。それでも行けば喜んでくれて、何気ない言葉を交わしても馬が合う。そういう関係こそ最もよき友だちなのかもしれません。また、私は自宅から乗るタクシー会社を決めているのですが、乗せてもらえばすっかり馴染みの運転手さんたちとちょっとした話をする。そういうときに、ああ、この人はいい友だちだなとつくづく思うのです。

彼らとは利害関係がないし、一緒に何かを始めるわけでもない。ただ婆婆で顔見知りになっただけの、ちょっと気の合う仲間。そういう友だちとやりとりをしていると、「これが幸せなのかな」と感じるようになりました。

友人というものに関して、いま私はそんなふうに考えています。

自己愛に苦しむ現代人

相手に自分の思い込みを託したり、過剰な期待をかけてしまえば、家族や友人との関係はうまくいかなくなるもの。そうならないためには、「独りになる」ことも学ばなければなりません。生きるとは、基本的には独りで生きていくことだ、という自覚もどこかになければなりません。

もちろん、人は一人で生きているわけではありません。しかし、じつは、「独りになる」ことができなければ、他人と関係をつくることも、他人を愛することもできないのです。

一方、現代を一言でいうなら、「個人主義の時代」。そしてこの時代の象徴として、若者の過剰な自己愛があります。

こういう自己愛は、「独りになる」こととは正反対のものです。「自己実現」「個性」「自分探し」などと盛んに言われますが、結局は、皆が「自己顕示」に汲々としているだけでしかない。

日本人は昔から、そういう自己顕示を嫌ってきました。いつの時代も、そういうことをする人間はいるけれども、あるいはそれがお芝居なら拍手喝采するけれども、現実の社会では敬遠されていた。ところが一転、いまは誰もが自己顕示をするようになっている。

ヴェブレン（一八五七―一九二九）は、今の社会に見られる経済現象を「衒示の経済」として捉えました。衒示というのは「見せびらかし」、人がその勢力を誇示するために財物を贈ったりすること。それが高度文明社会になると、富裕層とはいえない大衆までもが競って見せびらかすようになる、というのです。これが、誰もが消費することに血眼になる大衆消費社会と呼ばれるものである、と。

この見せびらかしの財物のことを「ポトラッチ」といいます。アメリカ先住民の世界でいう贈り物のこと。彼ら部族のあいだ、あるいは部族内において、宗教儀式としてポトラッチを見せつけ、その勢力を誇示したそうですが、現代の大衆消費社会では、いわば「ポトラッチの現代版」が大々的に繰り広げられているのです。

江戸時代にも似た現象は確かにありました。江戸初期、着物に贅を凝らすことが極まって、とくに金持ちの婦人のあいだで衣裳競争がおこなわれた。あちらが派手な帯をしめるなら、こちらはもっと豪華なものに……。これがとめどもなくつづいて、ついには双方が処罰される。まあ、いつの時代も見栄を張る人間はいるものです。

しかし、今はその度合いがちがいます。テレビや映画の俳優の演技を見ても、所作が大げさになっている。表情もオーバーです。ひと昔前なら、そんな演技は「くさい」として切り捨てられたものですが、今は誰もそれをやりすぎとは思わない。演技は日に日に劇化し、幼稚化している。科白はやたらにわめき立てる。むろん、この傾向はアメリカ映画にもいえて、ショッキングな映像の割に脚本はシンプル、かつ荒唐無稽。要するに、刺激だけが売りものになっている。

美術界もおなじこと。ついこの間も熊本県の美術展をのぞきましたけど、あまりのどぎつさに気分が悪くなりました。演技も、文章も、絵も、あらゆる表現が大げさになる一方で、味わいを失っている。

「才能」「自己実現」という呪縛

「人間にはみな才能があります」とは、よく言われる言葉です。しかしこの「才能」というのが曲者です。

子を持つ親が、「ひょっとしてこの子にはピアノの才能が眠っているかも知れない」、「その才能を伸ばしてやるのが親のつとめであり、そうしないと世界的なピアニストへの道を閉ざしてしまう」などと考えているとすれば、それはひとつの強迫観念に囚われているからでしょう。

何もピアノ教室やダンス教室に通わせることに反対しているのではありません。それはそれで、豊かな趣味にもなるし、子供自身が楽しんでいればいい。しかし、そうしたことをさせる親の動機のどこかに、「人間すべて、なんらかの才能を発揮して、社会に評価されることで、初めて自己実現を果たすことができる」などという考えがひそんでいるとすれば、親子ともども、結局は、不幸になるだけでしょう。

第一、世界的なピアニストになれるほどの才能なら、埋もれたままになるわけがありません。才能それ自体が勝手に芽を吹いて地上に顔を出してくるはずです。

だいたい、「才能」とか、「他人に抜きん出た個性」など、そうそうあるものではないのです。すべての子供には才能が隠されているから、それをひき出して輝かせてやらなければ、というのは戦後民主主義教育の根底にある考え方ですが、欺瞞でしかありません。

本当に才能があるのは異常児でしょう。万人にそんな才能はあるわけがなく、普通の人間は人並みの才能しか持ちあわせていません。

ただ、それを磨いていけば一心岩をも通して、なんとかものになることもある。その意味では、才能よりも努力を恃んだほうがいい。もし才能があるとしても、それは神様から与えられたギフト、贈り物です。それをもらって「ありがとう」だけで済ますのではなく、もっともっと磨けばいい。それが贈り物へのあるべき感謝の仕方でしょう。

そもそも、みんながセレブになり、有名になってしまえば、有名人がいなくなってしまいます。これでは語義矛盾です。有名人というのは、無名人が大勢いてこその有名人。世界の何十億人もの人間がことごとく有名人になれば、いちいち名前を覚え切れない。これほどのナンセンスもないでしょう。

有名人になったって、いいことは何もない。スポーツ選手にしろ芸能人にしろ、大変な競争をして、自分の才能を金銭的に評価されるために血の滲むような努力をして、人を蹴落とし、自分の地位を築いたわけで、一方、有名人にならなかった一般生活人は、そんな苦労をせずに普通に働いて、有名人のパフォーマンスを楽しみ、えらそうにそれを批評できる。バーゲニングとしてどっちの一生を選んだ方が得か、一目瞭然じゃありませんか。

いま言われている「自己実現」というのは、何のことはない、社会的地位や名声を得ること、つまり成功すること、出世することをそう言っているので、人びとを虚しい自己顕示競争に駆り立てるだけです。「自分の人生の主人になる」というのは、これとは似て非なるものです。無名であっても平凡であっても、というより、むしろそうやって「有名になる」ことに囚われないほうが、自分の人生の主人たりうるのです。

人間はみな大差のない存在であって、人に抜きんでる必要などありません。この世で、一人ひとりの存在は、それ自体でおのずから肯定されているからです。

だからといって努力を惜しんではいけません。たとえば友人と付き合うにも、好きな異性と付き合うにも、努力が必要です。自分に合った職分というものを自分で見つけだし、その職分をまっとうするにも努力が必要です。

そういう努力を積み重ねながら、平凡に、無名のままに過ごすのは、つまらないことでも、虚しいことでもありません。

嫌々ながらするのが出世

幸せになりたいのなら、自分の人生の主人でありたいのなら、「有名」というものと同じように、「出世」にもあまり囚われないほうがいいでしょう。

そもそも、ある時、必要に応じて、嫌々ながらせざるをえないのが、出世です。嫌々ながら課長になり、部長になる。というのも、そうしたポジションに就くのは、より重い役割を担うことだからです。みんなの嫌がる仕事をまかされたり、抱えきれないほどの仕事を引き受けたり、坐りたくない椅子に坐ることを「出世」と呼ぶのです。

この世の中、人が集まるところに「平等」はありえません。集団が集団として機能するには統治機構が必要で、そういった組織づけを持たない集団は、ばらばらな烏合の衆でしかない。

集団の統治形態はさまざまあり、政治の領域だけをとってみても、王制であるとか、寡頭制であるとか、民主制であるとか、いろんな形態がある。会社組織である場合には、統治や運営に当たる機構がどうしても必要になって、そこを担うのが社長であったり、部長であったりする。

もちろん、みずから望んでそれらのポストに就く人もいる。しかし、重くなった責任に伴う対価など、たかがしれたもの。たとえば、出世すれば、肩書きが重くなり、女房も喜ぶし、周りからはちやほやされる。役員ともなれば運転手付きの社用車が使えたりもする……。まあ、もしこんな程度の欲が動機になっているのなら、出世は、むしろ不幸の始まりでしょう。

私の出世にまつわる考え方はこうです。

ある集団、ある組織があれば、そこには必ず統治・運営機構があって、指揮する人が必要になる。それが学級の場合は、戦前なら級長――いわば「殴られ役」といって悪ければ、「お世話係」です。「汗かき役」といってもいい。そんなものに、私はみずからなりたいとは思いません。大方の人間もなりたくないはずです。

誰もやらなければ組織が動かないので、仕方なしにやる。しかし私は、できることなら責任のない、のんびりとした生き方のほうを選びたい。授業中に先生の話を聞かずに窓の外を眺めているような、できれば、そんな立場でいたいし、そのほうが人間のあり方としても、自然だと思うのです。

宮澤賢治の「病」

有名人というのも、本来、有名になろうとしてなるものではありません。

宮澤賢治は、友人に次のような書簡を送っています。

「私のかういふ惨めな失敗はただもう今日の時代一般の巨きな病、「慢」といふものの一支流に過って身を加へたことに原因します。僅かばかりの才能とか、器量とか、身分とか財産とかいふものが何かじぶんのからだについたものででもあるかと思ひ、じぶんの仕事を卑しみ、同輩を嘲り、いまにどこからかじぶんを所謂社会の高みへ引き上げに来るものがあるやうに思ひ……」

自分が陥っていた状態を「慢の病」と呼び、若い友人に、そうならぬよう諭しているのです。

たとえば歌が好きで歌の才能があるとします。その場合、とにかく歌うことに一生を賭けるとすれば、それでメシが喰えるためだけにも、血の滲むような努力が必要なわけでしょう。その努力の結果、一生歌って世渡りできればそれで願望は充たされたわけで、有名になるかならぬかは、あとからついてくる結果にすぎぬことになります。

ところが、今の世の中には、どうも有名になろうとして歌手をめざすといったふうな人があまりにも多い。有名になることが自己目的化しているのです。

「一芸を極める」という言葉があります。お百姓さんの場合なら、米であれ野菜であれ、いい作物をつくりたい。それが収入に関わってくるということもあるけれど、それとは別に、純粋に良いものがつくりたいわけです。木工職人であれば、手作りで自分の意にかなった机をつくりたい。箸職人であれば、いい削り方をした箸をつくりたい。そのために手を動かし身体を動かすその瞬間、自分の名を世に知らしめたいとは考えないでしょう。良い仕事をしたい、良いものをつくりたい、それがすべてだからです。良いものをつくれば、結果として名を知られもするでしょうが、けっしてそれが目的ではないはずです。

のた打ってでも生きる

人生は良いときばかりではありません。他人と関われば、必ずトラブルや葛藤が生じてきます。男女関係、親子関係、友人関係、仕事関係。なにひとつ簡単に済むものなどありません。そこで、苦しみ、悲しみ、恨み、ひがみ、憎しみといったマイナスの感情が湧いてくることもあるでしょう。そういうとき、見苦しい自分に出会うことになります。

人生を生きていくには、こうしたマイナスの感情や見苦しい自分というものに、できるだけ自然体で向き合うことも大切になってきます。もちろん、そこに居直れと言うのではありません。見苦しい自分を恥と思わねばなりません。しかし人間とは恥を免れぬものであることを直視することが大切だと言いたいのです。強がって恰好をつけよう、見苦しい自分から目をそらそうとするのが一番いけません。

私は自殺を否定するわけではありません。自殺するのは弱い人間だと切り捨てたくはありません。自殺するまで追い込まれるというのは、これも一つの巡り合わせであり、そういうところに追い込まれたことのない人間が、自殺する人間を否定するようなことなど言えません。

けれども、やはり自殺はしてほしくない。できれば自殺などせずに、与えられた一生を生きぬいてほしい。短い一生であれ長い一生であれ、できれば最後の最後まで生き切ってほしい。そうするためには、やはりいろんな苦しみ、悲しみ、そして見苦しい自分というものにも耐えていかなければいけません。

昔の日本人には、自分の悲しみに耐えて外には表さないという美学がありました。芥川龍之介の『手巾』という短編にこんな場面が出てきます。

帝国大学の教授の許に年取った婦人が訪ねてくる。自分の子供を亡くしたあと、世話になった恩師にお礼を述べに来たのです。先生は、にこやかに笑みをたたえて話す老婦人に驚かされるのですが、テーブルの下にふっと目をやると、老婦人の両手がハンカチを裂けんばかりに引っ張っている。先生は、婦人がそれほどの悲しみを外に表わすまいとしていたことを知って……こういう筋立てです。

日本人のそういう美学は得がたいもので、見習いたいとも思いますが、だけど、悲しいときは大声をあげて泣いていいし、苦しいときは、のた打ってでもそれを発散させていい。苦しみや悲しみの耐え方は、人によっていろいろあるでしょう。しかし、大事なのは、どんな方法、どんな手を使ってでもそれに耐えることです。それが「生きる」ということだと思うのです。

自分を匿さない

世の中、自分一人で生きているわけではない以上、礼儀作法も、社交辞令も、妥協も必要です。自分の思ったとおりに振る舞えばいいものではありません。

しかし、考えてみれば、礼儀作法や社交辞令といった、社会を成り立たせている約束事は、ある種の偽善でもあります。そういう偽善に縛られない自分、渾身的につきあがってくるものに身をまかせる自分、これもまた、ときには大事です。

熊本にある真宗寺というお寺に、佐藤秀人という住職がおられました。このお寺の脇に石牟礼道子さんが仕事場を設けていたことがあり、それで私も知遇を得たのですが、大変な癇癪持ちで、坊主仲間を殴ったりしたこともあって煙たがられる人物でした。その住職に教えられたことがあります。「自分をかばうな」というのです。

自分が笑顔でもって人と接すれば評判は必ずよくなる。自分の思ったことをストレートに言えば敬遠されるから匿すにしくはない。佐藤さんは、こういうふうに「人当たりを良くしようとして自分を偽ることをするな」という意味で「自分をかばうな」と諭してくれたのです。

彼は「人間、煩悩を去って生きることなどできない」とも言いました。この人は親鸞の教えを実践した人であって、煩悩をもちながら徹底的に生きた親鸞の「自分を匿さない」生き方に悟るところがあったのだと思います。

職業人としての自分ともう一人の自分

だいたい宗教者というものは、この俗世ではなく、それを超えたところに人間存在の真実があると考える人たちです。こういう考え方は仏教にもあるし、キリスト教にもある。世間の約束事なんて嘘いつわりであり、それを離れたところに本当の人間の姿があるのだ、と。

それに対して、マックス・ウェーバーは『プロテスタンティズムの倫理と資本主義の精神』のなかで、「世俗内禁欲」ということを言っています。宗教者が修道院の内で禁欲するのではなく、資本家が俗世のなかで商売を営みながら禁欲する。金銭的欲求のためでなく、ひたすら禁欲的に自分の職業に励むことが神の思し召しにもかなう。贅沢が目的で商売に励むのでなく、神に召されたと思ってまじめに仕事を続ければ、商売繁昌がついてくる。プロテスタンティズムと蓄財の関係を、ウェーバーはこう理解したのです。また彼は、合理化された現代社会では、人は職業人に徹するほかはないと考えていました。

ある地元の新聞記者に言ったことがあります。「給料もらってるからまじめに働くのはいいが、君は記者である以前に人間なんだから、自分を記者と限定する必要はないんじゃない」

すると彼は、「僕は新聞社で記者をしている自分以外に、自分があるとは思いません」と言うのです。

彼はきれいごとを言ったわけではなく、本心から新聞の仕事が好きなのでしょう。立派な職業倫理だと思います。

ただ、職業倫理について述べたウェーバーも、彼自身はその枠内にとどまる人間ではありませんでした。ある時期、精神的に異常をきたし、オカルトみたいなものに走ったことがあります。自分の主張したような倫理的な職業人の世界は、やはり仮の世界であって、真の世界は別にあるとどこかで感じていたのでしょう。彼も、ある意味では宗教者であったわけです。

それはいいとして、宗教者やウェーバーの議論をふまえていうなら、こういうことが言えるでしょう。約束事にしばられ、他人の顔色をうかがいながら、ある職業をまっとうすることも大切だけれど、それを超えたところに本当の自分があり、本当の世界があるのだ。そういう考えを、つねに心の片隅に持っておいたほうがいい。職務をまっとうするなかで、気づかぬうちに、自分が何か根本的な無理をしてしまっているとき、何か誤った方向に進んでしまっているとき、そういう考えがどこかにあれば、ある種の歯止めになるかもしれない。あるいは現実の世界でどうしようもなく行き詰まったとき、それがある種の救いにもなるかもしれないからです。

予備校である学期の最後の授業で、東大クラスの現代文を教える生徒諸君にこう話したことがあります。「君たちは社会に出ると、おそらく東大卒だから、それなりに指導的な立場につき、肩書がつくでしょう。それは決して悪いことではないから、しっかり頑張ってほしい」と。そしてこうも付け加えました。

「しかしながら、人間というのは元々肩書のない存在だ。サルを見てみろ、サルに肩書がついているか？　職業人として肩書にふさわしい働きをすることも大事だけど、その一方で、肩書のない自分が本当の自分であることを、いつも心の片隅に持っておいてほしい」

すると、あとで握手を求めに来た生徒が何人かいました。

われわれは地球に一時滞在を許された旅人

自分の職分に従って仕事に励むことはとても大切です。しかし、それだけではないことを知るのはもっと重要で、そのへんを昔の日本人は分かっていたように思うのです。

大工さんでも八百屋でも、あるいは渡し船の渡し守でも、自分の職分を大事にして、その職分に生きることがこの世に生きる意味だった。と同時に、職分にとらわれず、相手が将軍様であろうが大名であろうが、一皮むいてみたらみな同じ人間だ、神仏の前ではみんなただの人間だと分かっていたのではないか。

みんな一皮むいてみればただの人間だとは、仏法が説く世界であり、キリスト教が教える世界です。それは、古代インドにみられた一種の共和国「サンガ」の世界でもあって、そこで人間は一人ひとりが独立した存在です。集団のなかの地位であるとか、業績であるとか、権力であるとかは消え去って、宇宙の光が注いでいるだけ。そういう世界こそが真実の世界であることを、昔の人はみんな知っていたのではないか。

そうであれば、誰もが誇りをもって生きられたでしょう。渡し守で一生を終えても、なんの悔いもなかったでしょう。そして、そういう人は今もいるのです。

私が療養していたときの看護婦さんに何十年ぶりかで会ったことがあります。まだ看護師をつづけていたけれど、婦長にもなっていなかった。彼女の言うには、近ごろの若い看護師は休憩時間にちょっと出かけるとき、ナース帽をはずすそうで、「私は絶対はずさない。ナースの誇りだもの。誇りでは婦長さんにも敗けないわ」。ついこの間まで、そういう日本人は大勢いたのです。

職業に貴賤なしというものの、われわれは、実際には貴賤の区別はしています。それでも、昔の人間は誇りをもって仕事をしていました。自分の職業に「気位」を持っていたのです。それは、世の中である一定の役割を果たしているという自負であったのかもしれない。しかし同時に、この現世での地位や身分は「仮のもの」であるという考え方もおそらく身についていた。

われわれは、みな旅人であり、この地球は旅宿《りよしゆく》です。われわれはみな、地球に一時滞在することを許された旅人であることにおいて、平等なのです。

娑婆でいかに栄えようと虚しい。すべてが塵となるのですから。金儲けができなくても、名が世間にゆき渡らなくても、わずか数十年の期間だけこの地上に滞在しながら、この世の光を受けたと思えること。それがその人の「気位」だと思う。

これが結論です。昔の日本人は「この世に滞在する旅人にすぎない」という結論が分かっていたからこそ、死ぬときには、あっさりと、かつ立派に死ねたのです。そう言えば、湯川秀樹さんの自伝のタイトルも『旅人』でしたね。

自愛心の発達した現代人は、この結論がなかなか理解できません。この世の光といったって、なんのことか分からない。この世の光を浴びるとは、自分を自分としてあらしめている真の世界と響き合うこと。この世界――地理学的な世界ではなく、自分を取り巻くコスモスとしての世界――と交感しながら、人間が生きていることの実質を感じること。これが真の世界と響きあうことでしょう。

戦前の修身の教科書には必ず載っていた、山中鹿之介という人物がいます。毛利氏に滅ぼされた戦国大名・尼子一族の遺臣です。その鹿之介は、なんとか尼子家を復興しようと月に向かって「われに七難八苦を与えたまえ」と祈った。彼は月と交信できる能力を持っていたのです。今となっては迷信もいいところでしょうが、これこそが真の世界と響きあうコレスポンダンス――相互作用です。

このとき、山中鹿之介が全身で感じていたものを、現代人は想像すらできなくなっています。

無名のままでいたい

私の理想は、無名のうちに慎ましく生きて、何も声を上げずに死んでしまうことです。ただ、文章を書きたいという欲求はある。子供のときから物語を読むのが好きで、それが嵩じて、今の私があります。

物語にはもちろんストーリーがあるけれど、基本はやはり文章。それも文のリズムです。文のリズムが優れた物語こそが本当の物語で、何度読み返しても満たされる。そんな文章を真似て書いてみたくなる。戦前の小学校では作文のことを「綴り方」と呼びましたが、私もようやくこの歳になって、その綴り方で飯を食うことができるようになりました。

文章で飯が食えるようになるとは、本や雑誌に出るということです。すると、いろんな本や雑誌に自分の名前が麗々しく印刷される。私のように、物書きの世界ではまったく微々たる名前でしかなくとも、それが世に出るというのは、何とも居心地が悪いものです。

本屋の店頭に並べられた自分の本に「渡辺京二」と印刷されているのを見ると、ぎょっとします。その本の前からすぐに逃げ出したい。なんだか自分の裸体が公衆の前に露出されたようで恥ずかしいのです。どうしてなのかな、と自問してみるのですが、おそらく私は、隠れていたい性分なのでしょう。

時折、読者だという方が県外からわざわざ訪ねてみえるのですが、そのうちの一人がこうおっしゃいました。

「先生は熊本ではあまり有名じゃありませんなあ。昨夜ホテルで熊本の友人に尋ねてみましたけど、先生の名を知っている者がおりませんでしたよ」

私は「そうですよ。そのとおりです」と言うのだけれど、悪い気はしない。むしろ喜ばしいことなのです。

書いて有名になりたいのではなく、ただただ面白いものが書きたい。本当ならペンネームで作品を発表して、自分の正体を知られず、写真を撮られることもなく、というのがいちばんなのでしょうが、行きがかり上こうなってしまった。食ってゆくには何か生業を持たなくてはならず、それがたまたま私の場合は文章を書くということだったのです。

できれば何か他にも職業を持つほうがよかったのかもしれません。書く欲求を満たしつつ、でも名前はあまり出ない程度にして、その分を他の職業からの収入で補う。まあ、そうやっても、なかなかうまくゆくとも思えませんが、しかし、そういうあり方のほうが物書きとしては健全ではないか、という思いをぬぐえません。

少年期の読書体験

私は子供のときから、歴史物語が好きでした。『太平記』であるとか『平家物語』であるとか、あるいは『三国志』『プリュタ－ク英雄伝』……。この最後の本は歳の離れた兄が買ってくれたもので、小学校三年のときに読んだのだけれど、私の人生における一つの転機になりました。
ギリシャ人の著述家プルタルコスが著したこの物語は、日本では澤田謙という人が少年向きに書き直して、『少年プリュターク英雄伝』という表題で大日本雄弁会講談社から出ていました。古代ギリシャと古代ローマの英雄を対比列伝のかたちで描いたもので、否が応にも天下国家のことを考えさせられる。当時のギリシャの政治だとか、あるいはハンニバルがスペインからアルプスを越えてイタリアに攻め入ったとか、ローマがカルタゴを殲滅したとかいった話を読むものだから、まだ年端もいかない少年の私は、あっという間に政治の世界に魅入られました。

ところが、そんな面白い話を友だちに話しても、理解してくれる同級生がいない。そんなこんなで周りから浮いて精神的な孤立に追い込まれると、ますます本の世界に閉じこもりがちになる。

どれほど私が浮いていたか。当時の男子は大なり小なりが軍国少年ですから、軍艦とか飛行機とかは大好き。ワシントン海軍軍縮条約のもとでは戦艦の排水量が三万五千トンに制限されていて、そのクラスの戦艦は日本には二隻しかない、という程度の知識は誰でも持ちあわせていました。ところが私は、九隻に制限されていた戦艦のトン数はおろか、何センチ砲を何門備えているかまで全部覚えていた。重巡についてもそうだった。だから軍艦の話題になっても、同級生よりも圧倒的に詳しいわけです。なにせ大人向けの軍事雑誌とか、平田晋策の『われ等の海戦史』を読んでいましたから。

これは小学校の高学年から中学生を対象にした本で、「日本の海戦は岩手県の宮古港における幕府と官軍の海戦をもって嚆矢とする」という記述に始まって、日清戦争での黄海の海戦、ロシアのバルチック艦隊を撃滅した日本海海戦、そして第一次大戦における日本海軍の活躍にいたるまで事細かく書かれているので、それらの書物で知識を蓄えた私にかなう同級生はいません。

マハンというアメリカの海軍大佐が著した『海上権力史論』という本があります。これの訳本を大連の満鉄図書館に行って読んだのは中学二年のころだけど、その本の存在は小学生の段階で知っていました。

今から思うと、自分でも呆れるほど、生意気でませていた。これでは周囲から浮きあがらない方がおかしい。

大連の小学校に移ってしばらくして、クラスにいじめられている子がいたので、作文の授業で「いじめるとは怪しからん」と書いたのです。すると、先生からは褒められた代わりに、いじめっ子にいじめられました。

私の通った小学校のあった地域は南山麓といって、大連でいちばんのブルジョワ住宅街。日本離れした立派な住宅や素晴らしい洋館が建ち並ぶ街です。私の家は大した金持ちではなかったけれど、学校には有力者の子弟が何人もいて、そういう子たち七、八人がクラスを支配していた。私はそういう連中からすっかり反感を買ったがために、まもなく先生から級長に指名されたにもかかわらず、連中からボイコットされて往生しました。ただし、それもせいぜい一年ほどでした。まあ、新入りにとっての一種の通過儀礼だったのでしょう。

ブルジョワのボンボンというのは、ほんとうに意地の悪いところがあります。南山麓小学校では、同じクラスのなかでも二つの階層があって、ブルジョワの息子と、労働者の息子が半分半分。校区には満鉄の労働者住宅があって、その子弟とはうまくやっていたのに、ブルジョワのボンボンとはどうも折り合いが悪かった。だから大連一中へ入ったのは一種の救いだったけれど、日本の戦況がだんだん悪くなり、教室のなかも戦時色一色に染まっていったこととも相俟って、中学校にもあまりいい想い出がありません。

とにかく、少年時のませた読書経験が、のちの私にはプラスになると同時にマイナスにも作用しました。

マイナスとは、同級生の反感を買ったこともそのひとつですが、知的にませていたがために、「なんだこいつら、幼稚な話をしてやがるな」と優越感を持ってしまったことです。同級生と無邪気な話もするものの、精神的には孤立していて、なかなか自分の内心が話せないようになってしまい、その後もずっと、自分の精神史において宿痾となって残りました。

こういう話をすると『トニオ・クレーゲル』を想い出します。これはトーマス・マンの、おそらく自伝的小説です。

北ドイツの街リューベックの商人の父――商人といっても、ハンザ同盟以来の伝統をもつ貿易業をいとなみ、北ドイツ特有の堅実な気風を体現する経営者です。対して母は情熱的なイタリアの血をひく女性。トニオはこの母親の血を受け継いだのか、年端もいかない頃から詩作に没頭したりして芸術に惹かれます。だから、同級生たちが競走馬の話題に興じていても仲間に加われない。自分はどこか変なのではないか……。

十七歳ぐらいのときに読んで、これは自分のことが書かれてあると思いました。もちろんトニオ・クレーゲルの悩みは、芸術や文学にしか興味をおぼえられず、他の子みたいに普通の健全な子供でいられないというコンプレックスです。むしろ知的優越感を覚えていた私とは異なります。しかし、私も中学二年の頃から詩を書いたりしていたので、彼の気持ちはよく分かるし、なにより、周りの誰にも自分の思いを打ち明けられない点で同じだと感じたのです。

トニオは長じて、知り合いになったある女絵描きからこう言われます。「あなたは芸術に迷い込んだ俗人よ」。つまり、芸術家は俗世から切れてしまうものなのに、あなたはずっと俗人の世界に対して憧れを持ち続けているのね、と。

私の病気が治ったのは、二十代になってもっと広い世界にふれてからのことでした。たとえば東京に出てくれば、早熟な才能を持った若者などいっぱいいるし、自分程度の頭脳、自分程度の才能なんて掃いて捨てるほどあることが分かってきます。そうやって徐々にプライドや自惚れは薄れていきました。いいかえれば、私の青年時代とは、そういう自惚れが打ち壊されていく過程だったという気がします。結核療養所での生活も大きな経験でした。

立派な死に方は必要ない

なるべく名前を出さずに物を書きたいという話に戻りましょう。とにかく、少年時代に歴史の世界の魅力にふれてしまったものだから、それが歴史的な物語を書きたいという欲求に結びつき、幸い、いくつか実現することができました。

私は若いころ吉本隆明さんのところによく行っていました。吉本さんがおっしゃるには「専門の物書きにはならないほうがいいですよ」。何かちゃんと職業を持って書いていくのがいい、というわけです。あの人自身、当時は特許事務所かどこかで特許関係の仕事をしておられました。ところが、その吉本さんも、それから二、三年もたたずに専業の物書きになった。やはり、二足のわらじはなかなか難しいわけです。

有名にならずに本だけ売れたら一番いい。人間の在り方としては、無名のままに死んでゆくのがいい。

なかには立派なことをやり遂げて死んでゆく人もいますが、私にはできそうもない。せいぜい世の中のためになるよう最低限のことはして、あとは、この世に生きている楽しみを享受したい。毎年、毎年、咲いてくれる花を見て楽しむのもいいし、心の通う女の人と出会うのもいい。もうそれだけで、ほかに言うことは何もありません。

死ぬときに立派な死に方をする必要はないでしょう。世の中には、あんなに立派なことを書いていたのに、死ぬときは「まだ死にたくない」とか言って醜態をさらした、などと揶揄される人もいます。だけど、死ぬときに「この世にはまだ未練がある」と言ったってかまわないと思う。

熊本には「ばたぐらう」という方言があります。暴れたり、もがいたりすることですが、ばたぐらって死んだって少しも恥とは思いません。生に執着するのが、人間ありのままの姿ですから。

もちろん立派な、潔い死様には感動を覚えるし、そうあれたらとは思うけれど、自分はもともと大して立派な存在ではないのだから、死ぬときだけ立派に死んでも仕方がない。「あいつはその程度の人間だったのか」「そう、その程度の人間です」――それで十分です。人間死ぬときは死ぬのだから、とくに覚悟も死生観も要りません。死にたくないと思っても死ぬ以上、そのときは、ばたぐるって死ねばいい。

死の覚悟が必要なのは、宮澤賢治の童話『グスコーブドリの伝記』に出てくる木こりの息子ブドリのように、人びとを救うために火山を爆破して自らを犠牲にする、そんなときだけです。畳の上で生涯を終えて死ぬ人間に、そういう覚悟は要りません。

人間、ことさら死生観を持たなくても、生きるときは生き、死ぬときは死ぬのです。そうなるまで精一杯努めればいい。ばたぐらうもよし、わがままを発揮するもよし、人によってさまざまなのが人生の面白さでしょう。

「野垂れ死に」が理想

ただ、自分としてはこういう死に方がいいという理想はあります。「野垂れ死に」です。なにゆえに野垂れ死になのか。それは私に、下へ下へと落ちてゆきたい「下降願望」があるからです。

「零落する」という言葉がありますが、その零落に伴う快楽がある。たとえば、大宰府へ流刑となった菅原道真。世間からちやほやされる貴族だったのに、それが何かの事件にからんでどん底に突き落とされる。あるいはパステルナークの『ドクトル・ジバゴ』もそう。上流の家庭に生まれて医師となったジバゴは、ロシア革命の真っ只中で零落の一途をたどり、庶民にまじった生活のなかで脅えて暮らすようになる。

私はこの「陋巷《ろうこう》に生きる」というのが好きで、理想の生き方だとさえ思うのです。道真は都に未練たっぷりだったようだが、ジバゴの場合は、たしかに境遇は最悪になるけれど、それまでのいろんな柵《しがらみ》や軋轢《あつれき》から解放されて、真っ逆さまに下へ落ちてゆく。そのときの快感は、さぞ、たまらなかっただろうと思う。

私が少年のときから永井荷風が好きだったのも、それと似たところがあるようです。荷風は晩年になってから、高名な小説家の身でありながら、浅草の楽屋に行ってダンサー、というよりもストリッパーたちと話すのが愉しみだった。ごちそうを食べるにも浅草あたりのとんかつ屋とか、いわゆる巷の生活が好きだったのです。

彼は死ぬ五年前に日本芸術院会員になっていますが、「芸術会員でございい」と自分をひけらかすより、巷のなかに身を隠し、江戸の庶民の世界に身をひたすのを好んだ。とくに最期は、吐血して孤独死をする。それも終の棲家となった千葉・市川の一軒家の六畳間で。脇には空になった一升瓶が転がっていたといいます。まさに野垂れ死にといえるでしょうけど、じつは立派な死に方だったと思うのです。

人間というのは、生きていると社会的地位や肩書がくっついたり、係累がまとわりついたりします。そういうもの一切を払い捨ててゆきたい、脱ぎ捨ててゆきたい、何にも持たない生まれてきたときの自分にもどり、大地に還っていきたい。いってみれば、イカロスの夢のように高みに登っていきたい気持ちと、重心に引かれて下に下に降りていきたい気持ち、人間には、この両方がある。若い頃は上方に、歳をとると下方に、ということなのかもしれません。

バイロンに『マンフレッド』という叙事詩があります。そこに登場する人物は、高山のてっぺん、つまり他に誰もいない孤絶した世界に登って、まるで自分が神にでもなった気になる。そこには神になりたい願望が現れている。そんな高みに、たった一人でいて孤独を感じないのは、それだけ強烈な自我があるからこそでしょう。この世界は俺ひとりだけでいい、といった自尊心。こういう志向は十代の頃には私にもあったけれど、ある時期からは逆に、何もかも振り捨てて落ちていきたい衝動がまさってきました。


戦前の熊本に「宗不旱《そうふかん》」という歌人がいました。改造社から出た円本のなかに『現代短歌集』というのがあり、それにも収録されている歌人ですけど、まあ、マイナーといっていい。

その彼は、かなり豊かな商人の息子として生まれたのですが、朝鮮半島や中国大陸、台湾を放浪して硯づくりの技術を身につけ、日本に帰国後は硯工《けんこう》として生計を立てながら歌作に励みました。

亡くなったのは、昭和十七（一九四二）年。かねて行方不明だった彼は、熊本の鞍岳山中で遺体が発見されました。まさに野垂れ死にです。

まあ、極寒の山中での野垂れ死にはちょっときついけれども、阿蘇の五岳を望む美しい落葉林の中で息絶えるなら、病院のベッドで死ぬよりはいいかなと思ったりもします。

あとがき

自分の一生をどう考えているか。死を迎える歳ごろになってどんな心持ちなのか。そんなことは心に秘めておけばよいことで、ちょっと長生きしたくらいで人に吹聴することはない。第一、母親からよく言われていたように「歳取り損《ぞこ》ない」の私が、八十を越してもあい変らず幼稚な私が、人生について何かものを言うこと自体滑稽である。

それなのにこんな本を出すことになってしまった。それはひと重に西泰志さんが悪いのである。この人は藤原書店にいて雑誌『環』を編集していたとき私の担当で、たんに優秀のみならず、人柄がとてもよかった。彼が文藝春秋に移って、インタビューを新書にしましょうと言ってきたとき、うかうか応じてしまったのは、ひたすらこの青年が好ましかったからである。何という脇のあまさか。

ゲラになって来たのを見ると、自分の凡庸さと雑駁さに愛想がつきる。恥をさらすようなものだ。恥はさらして一向に構わないというのが私の考えだが、進んで世間に広告することもあるまい。また、自分の過去についても、余計なことを喋りすぎた気がする。だが、船に乗ってしまったのだから仕方がない。ただひとつ言い訳は、死んだ女房に言わせると好きなことだけやって来た私、植木等に次ぐ無責任男の私でも何とか生きて来られたと知って、それなら自分も大丈夫と思って下さる方がありはしないかということだ。社会になかなか適わなくてしんどい思いをしている若い人びとは少くない。私自身がそうだった。古人も言っている。「身を捨ててこそ浮かぶ瀬もあれ」。生きるのがしんどい若い人びとにエールを送りたい。

見苦しいが、もうひとつだけ言い訳。「人間、死ぬから面白い」なんて、私は口にしたおぼえがない。ところがさるところに載ったインタビューで、そう喋ったことになっていて、それが西さんの気に入ってしまった。ああ、やんぬるかな。

二〇一四年七月四日

著者識

渡辺京二（わたなべ きょうじ）

1930—2022年。京都生まれ。大連一中、旧制第五高等学校文科を経て、法政大学社会学部卒業。評論家。河合文化教育研究所主任研究員。熊本市在住。著書に『逝きし世の面影』『評伝 宮崎滔天』『渡辺京二評論集成』（全4巻）『北一輝』『黒船前夜』『江戸という幻景』『アーリイモダンの夢』『未踏の野を過ぎて』『もうひとつのこの世 石牟礼道子の宇宙』『近代の呪い』『幻影の明治』など。

文春新書

982

無名《むめい》の人生《じんせい》

2014年8月20日 第1刷発行
2023年5月25日 第7刷発行

著　者　渡 辺 京 二
発行者　大 松 芳 男
発行所　株式会社 文 藝 春 秋

〒102-8008 東京都千代田区紀尾井町 3-23
電話（03）3265-1211（代表）

印刷所　理 想 社
付物印刷　大 日 本 印 刷
製本所　大 口 製 本

定価はカバーに表示してあります。
万一、落丁・乱丁の場合は小社製作部宛お送り下さい。
送料小社負担でお取替え致します。

ISBN978-4-16-660982-6

◆日本の歴史

渋沢家三代　佐野眞一
古墳とヤマト政権　白石太一郎
昭和史の論点　坂本多加雄・秦 郁彦・半藤一利・保阪正康
謎の大王 継体天皇　水谷千秋
謎の豪族 蘇我氏　水谷千秋
謎の渡来人 秦氏　水谷千秋
継体天皇と朝鮮半島の謎　水谷千秋
女たちの壬申の乱　水谷千秋
あの戦争になぜ負けたのか　半藤一利・保阪正康・中西輝政・戸髙一成・福田和也・加藤陽子
日本のいちばん長い夏　半藤一利編
昭和陸海軍の失敗　半藤一利・秦 郁彦・平間洋一・保阪正康・黒野 耐・戸高一成・戸部良一・福田和也
昭和の名将と愚将　半藤一利・保阪正康
日本型リーダーはなぜ失敗するのか　半藤一利
「昭和天皇実録」の謎を解く　半藤一利・保阪正康・御厨 貴・磯田道史
大人のための昭和史入門　半藤一利・船橋洋一・出口治明・水野和夫・佐藤 優・保阪正康他
21世紀の戦争論　半藤一利・佐藤 優
なぜ必敗の戦争を始めたのか　半藤一利
歴史探偵 忘れ残りの記　半藤一利
歴史探偵 昭和の教え　半藤一利
歴史探偵 開戦から終戦まで　半藤一利
十七歳の硫黄島　秋草鶴次
山県有朋　伊藤之雄
指揮官の決断　早坂 隆
永田鉄山 昭和陸軍「運命の男」　早坂 隆
ペリリュー玉砕　早坂 隆
硫黄島 栗林中将の最期　梯 久美子
日本人の誇り　藤原正彦
天皇陵の謎　矢澤高太郎
児玉誉士夫 巨魁の昭和史　有馬哲夫
江戸の貧民　塩見鮮一郎
火山で読み解く古事記の謎　蒲池明弘
邪馬台国は「朱の王国」だった　蒲池明弘
「馬」が動かした日本史　蒲池明弘
文部省の研究　辻田真佐憲
古関裕而の昭和史　辻田真佐憲
写真で見る日めくり日米開戦・終戦　共同通信編集委員室
暴かれた伊達政宗「幕府転覆計画」　大泉光一
大日本史　山内昌之・佐藤 優
日本史のツボ　本郷和人
承久の乱　本郷和人
権力の日本史　本郷和人
北条氏の時代　本郷和人
元号　所 功・久禮旦雄・吉野健一
歴史の余白　浅見雅男
明治天皇はシャンパンがお好き　浅見雅男
皇位継承　高橋 紘・所 功
江戸のいちばん長い日　安藤優一郎
江戸の不動産　安藤優一郎
西郷隆盛と西南戦争を歩く　正亀賢司
姫君たちの明治維新　岩尾光代
日本史の新常識　文藝春秋編
秋篠宮家と小室家　文藝春秋編

文春新書のロングセラー

樹木希林
一切なりゆき
樹木希林のことば

二〇一八年、惜しくも世を去った名女優が語り尽くした生と死、家族、女と男……。ユーモアと洞察に満ちた希林流生き方のエッセンス

1194

中野信子
サイコパス

クールに犯罪を遂行し、しかも罪悪感はゼロ。そんな「あの人」の脳には隠された秘密があった。最新の脳科学が解き明かす禁断の事実

1094

橘　玲
女と男　なぜわかりあえないのか

単純な男性脳では、複雑すぎる女性脳は理解できない！「週刊文春」の人気連載「臆病者のための楽しい人生100年計画」を新書化

1265

ジャレド・ダイアモンド　ポール・クルーグマン　リンダ・グラットンほか
コロナ後の世界

新型コロナウイルスは、人類の未来をどう変えるのか？　世界が誇る知識人六名に緊急インタビュー。二〇二〇年代の羅針盤を提示する

1271

立花　隆
知の旅は終わらない
僕が3万冊を読み100冊を書いて考えてきたこと

立花隆は巨大な山だ。政治、科学、歴史、音楽……、万夫不当の仕事の山と、その人生を初めて語った。氏を衝き動かしたものは何なのか

1247